Le Supplément d'Âme

Matthieu BIASOTTO

ISBN: 1519665601
ISBN-13: 978-1519665607

Je ne me souviens de rien. J'ai tout oublié ou presque. Mon existence s'est arrêtée brutalement et la mort ne me veut pas. Je ne peux pas revenir. Je ne veux pas mourir. Pas pour l'instant. Pas avant que je ne comprenne ce que je suis. Ce que j'ai fait. Ce que mes proches ont comploté, dit ou pensé. Pas avant d'avoir saisi le sens de ma vie. Je voudrais découvrir ce qu'il s'est passé, savoir comment j'en suis arrivé là. Avant que l'on vienne me débrancher. J'erre dans une expérience parallèle qui m'échappe. Je suis Thomas. Thomas Garnier, et la seule question qui me hante est : Vais-je pouvoir encaisser la vérité ?

TRAUMA

Étendu de tout mon long dans la boue, je pèse une tonne. Mes paupières se décollent au prix d'un effort qui pourrait me coûter la vie. J'éprouve le profond besoin de crier que je suis vivant, mais je reste aphone. Je ne distingue que les ténèbres et le scintillement timide de rares étoiles. Un bouquet de taches sombres perturbe mon champ de vision. Un mouvement de particules timorées sur ce que mon regard dévoile. Dans ma tête, ce bruit strident vibre et siffle en continu. Ça vient de loin et de partout à la fois. La résonance d'une note aiguë soutenue par des bruits de pas. Mes oreilles bourdonnent, mes tempes cognent contre les parois de mon crâne sensible. Un goût métallique envahi mon palais, une saveur abjecte qui dévale sur ma langue râpeuse jusqu'au fond de la gorge.

Ce que je fais ici et maintenant ? Je l'ignore. Comment en suis-je arrivé là ? Je ne me l'explique pas. J'ai conscience de ce que je suis. Mais j'ai tout oublié - ou presque. J'imagine que c'est cette sensation de vide que doit ressentir un nouveau-né. Simplement rattaché à l'instant, sans savoir ce qui l'attend. Sauf que je suis emmuré dans une souffrance nauséabonde. Pris en otage entre la douleur et l'oubli. Je flirte avec le temps dans une parenthèse amnésique. Parenthèse durant laquelle mon âme est en charpie. Ça, c'est la seule chose dont je sois sûr.

J'observe le ciel noir sans battre le moindre cil. Allongé dans la terre, offert sous la lune. Je suis happé par ce clair-obscur magnifique diffusé sur des contours vaporeux. Quelques nuages me dominent. Quelques nuages me narguent. Sombres messagers, porteurs de mauvais présages. Les masses épaisses engloutissent les astres fébriles. Ils se déplacent lentement, mais je ne bouge pas. Je suis trop fragile. Le vent se lève, agitant les feuilles des platanes autour de moi. Je ne fais que supposer, je ne le sens pas.

Les cieux changent d'humeur, et j'y assiste impuissant. Je suis surpris par cet éclair qui barre le nébuleux. Puis par un autre en guise de réplique, le temps se gâte. Je voudrais fuir mais je reste immobile. Le tonnerre gronde, et c'est une menace prise au sérieux lorsqu'on n'est que poussière. La première goutte s'annonce, puis la seconde. La pluie s'écrase sur ma visière fissurée. L'averse dévale sur mon casque. Mon sang glisse le long du plastique éraflé. L'hémoglobine est poussée inexorablement vers les bords pour me dégager la vue. Cloué au sol, j'assiste au déluge.

J'ai chaud. J'ai froid. Mon corps se réveille, le calvaire se ravive. Ma respiration est douloureuse. J'ai le souffle court. J'entends la détresse de mon poumon perforé. Ma gorge entravée me lance atrocement. Pourquoi ai-je du sang dans la bouche ? Des battements sordides percutent encore et encore mes tempes. Ma tête est prête à éclater, mon cœur est serré. La souffrance se répand comme de l'acide dans les veines. Une brûlure vive et corrosive tord mon ADN. Je parle de la sensation ignoble de baigner dans du napalm et d'y être sanglé. Le feu me dévore. Des cendres chaudes prennent place au creux du thorax lorsque je souffle. Des braises dévorant l'espace entre les côtes, puis des coups de couteau dans les reins. Un supplice rampant jusqu'aux orteils. Mes artères se dilatent, ça sent le soufre. L'adrénaline me fouette, je me redresse dans un spasme furieux. Contracté de la tête au pied, pour défier les faits avec arrogance. Pour défier le temps. Pour défier la mort et la gravité. Je me relève.

Mon regard voyage sur ce qui m'entoure. À l'horizon, la nuit s'étend au-dessus des champs. Au milieu de nulle part. Je pourrais être n'importe où. Des rangées de platanes à perte de vue sous des trombes d'eau. Et les feux d'un véhicule arrêté, au loin sur la route. Ce qui m'angoisse le plus, c'est cette seconde de silence absolu. Un néant total et enveloppant. À cet instant, la pluie n'émet plus aucun son. L'eau se fige, formant des stries verticales à l'infini. L'univers semble s'arrêter, le monde a fait une pause. J'entends juste mon expiration apeurée. Je fais un pas, puis un autre. Mes jambes me portent à peine. J'avance en boitant en direction de la voiture, et le son revient lentement. D'abord feutré. Puis limpide, comme avant.

En travers de la chaussée, le break aux fenêtres embuées reste immobile. Une fumée blanche s'échappe du capot cabossé. Une portière s'ouvre dans un grincement sinistre. Le passager sort. Un grand bonhomme. Epais et chauve. Rugueux et viril, il se tient la tête en marchant sur les bris de verre qui craquent sous les semelles. Horrifié par l'état de la carcasse, il tombe à genoux et se met à gémir :

— Qu'est-ce que tu as fait ? ! Qu'est-ce que tu as fait putain ?

De l'autre côté, une jeune femme s'extirpe à son tour. Presque à quatre pattes. Elle se tient l'abdomen et vacille un peu. J'approche encore du couple choqué. La trajectoire de ma chute se compose de morceaux d'aciers, de plastiques et de chairs. La dépouille de ma moto. Autant de débris qui jonchent la terre jusqu'au point d'impact. La femme, je l'entends crier. Ses pleurs me parviennent. Un hurlement coupable déchire la nuit lorsqu'elle examine le break. Enfin, elle lance un regard dans ma direction. La pauvre prend conscience de l'horreur qu'elle vient d'engendrer. Je progresse lentement vers l'irréparable. D'ici, je devine son visage amaigri et crispé par l'atrocité. Oui, j'aperçois ses cheveux clairs mouillés et son allure déplorable sous la flotte.

Sans hésiter, elle se met à courir vers moi. Elle s'époumone, elle appelle à l'aide. Elle s'approche pour me porter secours, je distingue sa détresse. Bientôt, je pourrai trouver un vague réconfort dans ses bras, même si tout est de sa faute. Elle galope à en perdre haleine jusqu'à mon niveau en pleurant toutes les larmes de son corps. Mais elle ne ralentit pas. Elle ne s'arrête même pas. La conductrice poursuit sa course à travers la nuit.

Je me retourne pour l'observer fendre l'air. Je la vois se ruer vers un autre corps à terre. Elle se jette sur la victime. Elle s'effondre. Elle tente de parler au blessé alors que je reviens sur mes pas. Les choses sont sérieuses. Hanté par ce sentiment, je rebrousse chemin pour la rejoindre avec une magistrale boule au ventre.

— Appelle les pompiers ! Vite ! Appelle les secours ! Mon Dieu ! Appelle !

Elle vocifère. Elle supplie. Elle implore. Mais le corps reste sans vie. Elle réclame un signe de vie. Un geste. Un espoir. En vain.

— Vous m'entendez ? Restez avec moi ! Regardez-moi ! Ouvrez les yeux ! Mon Dieu… Ouvrez les yeux ! Vous m'entendez ?

Elle se retourne vers le passager qui arrive tant bien que mal, en titubant. Le maquillage charbonneux de la conductrice ne résiste pas à la pluie. Elle lève des yeux affolés par le désespoir :

— Appelle les secours ! C'est grave ! C'est super-grave putain !

Je me poste juste à côté d'elle, encore sonné. Il y a urgence. Je tâte mes poches à la recherche de mon téléphone. Je voudrais lui prêter main-forte. Je suis incapable de parler, face à la fatalité que pourrais-je bien dire ? Elle est tellement désolée. Elle voudrait faire quelque chose, mais elle n'ose pas toucher cette créature blessée. On dirait seulement un pantin désarticulé qui baigne dans son jus. La plaie au ventre semble létale à en croire le trou béant à la surface et le morceau de plastique qui en dépasse. Les mains tremblantes de la conductrice galopent sur le blouson trempé par l'averse. D'une main, elle saisit le gant en cuir du motard, à la recherche d'un dernier soupçon de vie. Elle souhaite qu'il s'accroche. Elle veut qu'il tienne bon. Mais la victime ne réagit pas. L'existence semble vouloir obstinément fuir d'ici. Elle effleure le casque couvert de sang. Finalement, elle s'arme de courage pour relever la visière. Je commence à comprendre. L'homme à terre, c'est moi.

MAUVAIS CHOIX

Quelques minutes avant l'accident…

De la vaisselle brisée sur le sol. Autant d'éclats qui constellent le carrelage. On a sacrifié tout le service, c'est un beau gâchis. Elle s'acharne à passer le balai dans la cuisine. Pour éliminer la moindre trace de leur dernière altercation. Thomas a fini par prendre la fuite, comme d'habitude. C'est impossible d'avoir une discussion adulte avec lui.

Alors que les fragments rejoignent la pelle, elle soupire, exaspérée. Ce n'est pas faute d'avoir proféré des menaces, mais il n'est pas resté à la maison. Pas même pour son fils. Prétextant avoir trop de travail, une fois de plus. Les morceaux de céramique sombrent dans la poubelle. Monsieur n'a plus de temps à leur consacrer, c'est trop lui demander. Elle observe le désastre dans la pièce et se dit que la dispute a fait rage. Elle n'a pas fait dans la dentelle. Les murs s'en rappellent encore. Il y a de tout partout, c'est un carnage. Les cadres photos sont tous de biais. Leur photo de mariage s'est écrasée à terre pour se fendre. Pulvérisée par la rogne d'une femme qui ne reconnaît plus son partenaire. Par la furie d'une mère qui tente désespérément de retenir l'homme de la maison. Le cliché n'a pas résisté aux lancés d'assiettes et de verres contre la cloison. Comme leur couple n'a pas résisté aux remous de la vie. En ramassant les morceaux, elle songe à cette image de leur relation disloquée entre ses mains. La surface fendue en étoile croustille légèrement entre ses longs doigts. Elle tient tout un symbole : une histoire bien fissurée qui s'émiette à chaque seconde.

Un coup d'œil jeté dans le salon. La télévision est allumée, il n'y a pas le son. Elle passe la tête pour observer Maël. Mais le petit a déserté le canapé. La mère esseulée pose alors son regard sur la pendule. Il est tard. Etrangement tard. Et son mari ne donne aucun signe de vie. Thomas devait appeler en arrivant. Juste pour indiquer qu'il est bien au bureau et qu'il n'a pas eu de problème. Elle se dit qu'il doit se venger et la laisser mijoter. Cette absence oppresse Olga. Ce silence dans la cuisine est la confession d'un échec. Son couple se délite. Tout ce qu'il en reste, c'est du vide. Ses efforts n'ont pas payé, ça ne marche que dans les films. Elle n'a rien vu venir, et maintenant il est difficile de revenir en arrière. Elle le sait, c'est même impossible.

Dans le couloir qui longe le salon, elle s'examine dans l'imposant miroir. De l'index, elle empêche une larme de dévaler et tente d'essuyer son maquillage qui coule. Elle fait tout son possible pour réprimer ses sanglots. Pour ne pas montrer qu'elle est dévastée. Afin que Maël n'ait pas à voir sa mère dans un tel état de faiblesse. Déjà que son père le délaisse, sans aucun remords, depuis un petit moment déjà, autant lui épargner la souffrance et l'incompréhension qu'imposent les pleurs d'une mère.

Elle se rend lentement dans le couloir en direction de la chambre, persuadée d'y trouver son fils. Elle va pouvoir lui expliquer. Lui dire à quel point elle l'aime. Que son père l'aime aussi… À sa façon. Qu'il n'y est pour rien et que ce n'est pas de sa faute. Papa a beaucoup de travail. Papa est un homme important. Elle va tout faire pour le réconforter, le pauvre gamin a dû les entendre se disputer. Elle se l'imagine traumatisé par ses phrases assassines hurlées au nom de la haine.

La main posée à plat sur la porte, Olga ouvre et s'apprête à le consoler. Mais la chambre est vide. Aucune trace de Maël. Pendant la première seconde de surprise, elle se fige. Puis une vague d'effroi la submerge. Enfin, le doute s'installe. Le doute l'envahit. Où est passé son fils ? Elle s'affole. Elle revient sur ses pas en l'appelant de pièce en pièce. Elle s'égosille mais il ne répond pas. La maison est sinistrement vide.

Elle franchit la porte d'entrée habitée par la frayeur. S'il n'est pas à l'intérieur, il est peut-être sorti ? Dans sa tête, défile toutes les possibilités, même les plus atroces. La route est à quelques mètres. Il fait noir. Paniquée à l'idée que le pire puisse arriver, elle l'appelle une dernière fois. Les talons « coutures » plantés sur le gazon impeccable, elle cri son nom. Son timbre de voix trahi l'angoisse. Dans le jardin, dans le pool house, dans la rue. Il n'y a aucune trace de l'enfant. Enfin, elle tombe nez à nez avec Maël qui sort du garage. Son petit coffret bleu entre ses mains, celui dans lequel il range ses jouets préférés. Dans son pyjama rayé, le petit blond et sa coupe au bol transpirent l'innocence. Le garçon tombe des nues. Olga se jette sur lui pour le prendre dans ses bras :

— Maël ? Qu'est-ce que tu fabriques dehors mon ange ?
— Il n'y a plus Papa ? Je voulais qu'on regarde le film ensemble…
— Non… Ton père… Il t'a expliqué… Maël, mon cœur… Ecoute-moi… Regarde-moi…

— Il n'y a plus la moto ?
— Il est parti.
— Il n'a pas fait ça ?
— Il va revenir mon chéri. Il a beaucoup de travail, tu…
— Oui… Je sais… Je voulais juste qu'il reste !
— Viens, il commence à pleuvoir… Tu vas attraper froid.
— Je voulais juste qu'il reste…
— Ne me refais plus jamais ça !

Le petit blond se jette dans les bras de sa mère en sanglot. Non, il ne veut pas en parler. Non, il ne veut pas regarder la télé. Son père l'a abandonné. Une nouvelle fois. En piétinant toutes ses promesses sans le moindre scrupule. Maël se referme lentement mais sûrement. Bon dieu que la situation est douloureuse ! Douloureuse et injuste. Pauvre petit homme laissé pour compte, affligé par les absences répétées de son géniteur. En voyant les larmes de son fils et ce regard désolé, Olga ne peut pas s'y résoudre. Elle doit appeler Thomas. Il doit savoir que son fils souffre de son attitude. Il faut qu'il prenne conscience que son égoïsme les fait tous souffrir. Sa fuite permanente est en train de tout détruire et il doit prendre cette réalité dans les dents. Elle ne va pas le laisser foutre en l'air l'équilibre fragile du petit. C'est son rôle de mère de le protéger. Tout ça ne peut plus durer.

Maël est installé devant les dernières minutes d'un film à gros budget. Elle prend soin de s'isoler dans la pièce d'à côté et de fermer la porte. Le téléphone rivé sur l'oreille, elle cherche à joindre son mari. Une première sonnerie. Elle fulmine, prête à en découdre. Seconde sonnerie. Elle sait qu'elle ne va pas mâcher ses mots. Troisième sonnerie, le divorce traverse son esprit pour revenir au galop. Une quatrième, puis une cinquième… Une sombre inquiétude s'immisce. L'appel continue encore et encore. Olga l'ignore, mais Thomas ne répondra jamais.

PRONOSTIC VITAL

À nouveau sur le lieu de l'accident.

Accroupi à côté de mon corps, j'assiste impuissant à la terreur qui s'installe. J'ai le cœur saigné à blanc et la raison en lambeaux. Je suis en dehors de moi. La conductrice glisse ses doigts dans ma blessure pour limiter l'hémorragie. Priant le ciel pour que je reste en vie. Sans savoir si son geste est utile ou efficace. La pluie redouble d'intensité sur mon cadavre en devenir. Je vois mon casque fendu. Ma jambe abîmée. Ma montre arrachée et son cadran explosé. Il me manque une chaussure. Je suis frappé par la vision de mon ventre défoncé. Je me sens accablé par la culpabilité de ceux qui m'assistent.

Je suis tellement désolé. Désolé pour elle. Désolé pour lui. Et désolé pour moi. Le passager reste en retrait. Il est au téléphone. Bredouillant péniblement quelques mots sans parvenir à réellement articuler. Ce grand gaillard en surpoids répète en boucle que tout est allé trop vite. Qu'ils n'ont rien vu venir et qu'ils n'ont rien pu faire.

Suis-je conscient ? Est-ce que je respire ? Est-ce que mon cœur bat ? Il lui est impossible de le déterminer par téléphone. Pourtant, le centre d'appel exige des précisions. Sur l'endroit. Sur la gravité de mon état. Des indications précieuses pour gagner du temps. Le rugbyman tient des propos incohérents, il ne sait plus vraiment. Pourtant, tout me paraît très simple et j'en suis certain : nous sommes nulle part, et la situation est grave. Le passager raccroche finalement Une unité est en route.

Pataugeant à quelques mètres dans une boue assaillie par des trombes d'eau rageuses, mon iPhone s'égosille depuis plusieurs minutes. L'écran fendu en étoile clignote sa détresse. Stressée par ce S.O.S nasillard, la conductrice aimerait le mettre en miette. La sonnerie ne renonce pas, hurlée à tue-tête sous la tempête. Peut-être par désespoir. Peut-être par hasard. Alors, elle craque. Elle ordonne à son homme de comprimer la plaie à sa place. Il s'exécute, répugné par la chair ouverte. Sa main plaquée par-dessus les doigts noueux de sa femme, il ne bouge pas. Le bonhomme est incommodé. Il va gerber. Il tourne la tête et ferme les yeux. Impossible de regarder la mort en face. Elle lâche tout pour se diriger vers le téléphone à quatre pattes. L'appel insiste, encore et encore au creux de ses mains vacillantes.

— C'est sa femme ! Merde… Non ! Non ! Non ! Je fais quoi ?

— J'en sais rien moi… Décroche !

— J'peux pas faire ça !

— C'est sa femme ! Merde ! Elle doit savoir ! Décroche !

Ses mains fines, souillées par la fange et le sang, tremblent franchement. Elle peine à toucher l'écran, puis porte l'appareil à son oreille.

— *Ah ! Quand même ! ? J'espère que tu es fier de toi ! Je ne veux plus te voir à la maison. Ton fils te déteste. Tu as compris ? Ne reviens jamais. Tu trouveras tes affaires dans le garage en rentrant. Et je préfère te prévenir tout de suite : je demande le divorce.*

— … C'est… C'est… Grave… Votre mari… Ecoutez… Il est… C'est grave.

— *De quoi ? Allo ? Qui êtes-vous ? Où est Thomas ?*

ADRÉNALINE

Premiers secours – derniers instants

Les gyrophares pointent à l'horizon. J'entends la complainte des sirènes hurlantes sous une pluie battante. Les gendarmes sont les premiers arrivés sur les lieux. Un périmètre de sécurité est dressé autour du véhicule accidenté. On constate l'impact avec stupeur. On sécurise la carcasse avec un frisson sordide.

La conductrice est choquée. Voir arriver les secours rend le réel bien plus cruel. Ça grouille de képis autour de celle qui vient de fauter. Les pompiers arrivent à leur tour. Les camions pilent brutalement à quelques mètres de l'accident. Les premiers secouristes galopent dans la boue avec le matériel. Une horde de sauveurs en gilets orange déboule dans la lueur des phares. Les hommes se mettent à genoux autour de mon corps. On passe la main sous la visière, à la recherche d'un filet d'air. Mais il n'y a rien. Puis on tâte mon cou dans l'espoir d'y trouver un pouls. Sans résultat. Mes vêtements sont arrachés, l'urgence est vitale. Reste-t-il seulement quelque chose à sauver ?

La plaie au-dessus de l'abdomen saigne de manière

inquiétante. Ça pisse le sang et ils veulent arrêter l'écoulement en priorité. On s'active autour de mon être sans vie. Et j'assiste à ce carnage dans une incapacité terrifiante. Les premiers gestes sont portés. À genoux, à côté de ce qu'il reste de moi, un pompier s'évertue à faire un massage cardiaque sous une pluie qui durcit le ton. Il s'incline, les bras tendus au-dessus de mon torse. Ses mains jointes appuient sans relâche pour me relancer.

J'entends les pleurs déchirants de la conductrice, ses hurlements à chaque fois qu'elle pose ses yeux sur mon corps inerte. Les flics s'interposent afin de laisser les secouristes œuvrer. Elle pleure. Elle pleure tellement.

Le SAMU arrive avec un véhicule d'intervention. À son bord, des médecins qui se précipitent. Mon corps est en arrêt cardio-respiratoire. Une femme semble mener les opérations. Petite blonde sévère très concentrée. Avec un regard acéré derrière de fines montures. Elle demande à retirer le casque. Ordonnant la pose d'une double voie et le maintien des cervicales le temps de m'intuber. Sous ventilation artificielle, le massage cardiaque se poursuit, mon abdomen ondule dans un mouvement factice. Mais à l'intérieur, plus rien ne répond. La perfusion est en place. Des dizaines de mains s'agitent nerveusement au-dessus de ce qu'il reste de moi. Le pompier à bout de force jette l'éponge et se retire sur le côté. Des crampes sont venues à bout de sa détermination. Son collègue se jette sur ma cage thoracique pour prendre le relais. Des regards se croisent, difficile de les interpréter. Le médecin en chef secoue la tête par la négative. On bande la plaie pour stopper l'écoulement à grand renfort de compresses. On s'acharne encore et encore. Enfin, la meneuse prépare une seringue qu'elle plante sans attendre. 6 mg d'adrénaline injectés dans mon corps. Le temps se fige une nouvelle fois. Plus de pluie, plus de cri, ni aucun mouvement. Le couperet va tomber :

— Il repart !

LE CARNET NOIR

Transfert sous haute tension

Dans l'instant qui suit, une lueur d'espoir entoure tous les membres de l'équipe. On fait venir le brancard depuis la route. On s'agite. On y croit. Il reste un espoir. On recouvre mon corps d'une couverture de survie. La pluie se calme enfin, mon transfert est imminent. Derrière l'attroupement, le passager craque. Vomissant les excès de la soirée à ses pieds. On prépare mon ex-filtration et les gendarmes interrogent le couple. Une prise de sang réglementaire est effectuée. Le test d'alcoolémie est passé. Lui, a bu plus que de raison. Ça sent la nuit passée en dégrisement. Mais il n'était que passager. C'est elle qui était au volant. De sa voix brisée par le chagrin, elle déclame :

— Regardez le siège conducteur ! Regardez la taille de mon mari, regardez-moi ! Franck… Approche ! Approche…

Son homme se redresse et la rejoint en titubant. Effectivement, Franck est imposant. Les évidences sont là : il n'a pas le gabarit. Elle tâte son cou d'une main stressée pour désigner un collier avant de reprendre de plus belle :

— 421 jours d'abstinence…

Entre ses doigts sales, elle tient fermement un petit pendentif. Un cercle qui entoure un triangle. Son mari s'approche, il vacille légèrement. L'homme a du coffre et une haleine à faire peur. Avec sa grosse voix de baryton, il confirme :

— Les alcooliques anonymes… Roxane est clean… Et je n'ai plus mon permis depuis longtemps…

Elle acquiesce, honteuse. Roxane courbe l'échine, cramponnée à mes effets personnels ramassés par terre. Elle explique à des flics dubitatifs que tout s'est déroulé en une fraction de seconde. Il y a eu de la lumière, le rugissement d'un moteur et la seconde d'après… Tout était fini. Un lieutenant vient confirmer cette thèse en toute discrétion. Il n'y a presque pas de trace de frein. Le choc arrière est d'une rare brutalité. À très grande vitesse, à n'en pas douter.

Il y a du mouvement de l'autre côté. Trois pompiers me manipulent, ils chargent mon corps sur la civière. J'ai l'air si fragile que je détourne mon regard. Je suis suspendu à un fil, comme une dent de lait sur le point de tomber. Cette vision me fait mal. Mes yeux voyagent au milieu des autres urgentistes qui s'affairent. Au milieu de ce petit monde qui gravite autour de ma vie sur le point d'être abrégée, je vois une chose qui me frappe.

Ce que je distingue un peu plus loin ne me semble pas réel. Assis sagement dans la boue, les jambes en tailleur, un enfant prend des notes frénétiquement dans un carnet noir. Très concentré, le nez dans son cahier, il est une anomalie dans la scène. En jeans délavé, portant une affligeante veste de jogging en nylon dans des tons improbables. Une dualité de mauve et de vert, comme seules les années quatre-vingt l'autorisent. Tout le monde lui passe autour sans s'en soucier. Ses Reebok Pump sont dégueulasses. Il a une coupe à chier. J'ai du mal à y croire. Ce gosse n'est pas d'ici. Il n'est même pas de cette époque.

Mon corps fraîchement réanimé regagne la route et le fourgon. La conductrice se démène pour accompagner les pompiers. Je reste planté là, les pieds dans la gadoue à regarder le cortège qui se hâte vers les véhicules. Tout le monde est sur le départ, tendu par cette course contre la montre. J'admire leur détermination à vouloir sauver ma peau. Dans la terre, il ne reste que moi. Et ce petit homme, haut comme trois pommes, assis juste en face. Il lève la tête et arrête un instant de griffonner le papier.

Le gosse jette un œil perçant vers les secouristes prêts à m'exfiltrer. L'enfant me dévisage. Ces yeux aciers me transpercent. Ce petit… Non ? Ce gamin, j'ai l'impression que… C'est moi à l'âge de 10 ans ! Il me fixe et referme son carnet noir dans un claquement puissant. Se dégage du calepin une déflagration dont le souffle s'écrase contre ma poitrine. La terre tremble. Ma vue se brouille. C'est le trou noir.

PREMIER RANG

Quelque part entre la vie et la mort

J'ouvre les yeux difficilement. Tout est flou. Tout est sombre. Un rectangle géant et blanc flotte au-dessus du sol. Juste face à moi. Qu'est-ce que je fiche ici ? J'étais dans un champ à côté ma dépouille réanimée. Le gosse a fait claquer son cahier et puis… Plus rien. À présent, j'entends un battement de cœur sourd. Une pulsation gigantesque qui semble venir des quatre coins de la pièce. Je regarde à droite. Puis à gauche. Et enfin derrière moi. Je ne reconnais rien. Les murs sont noirs. Le plafond est très haut. Où suis-je ? Ma tête est lourde. J'ai une atroce migraine et l'impression d'avoir un trou béant à la place du ventre. La salle est plongée dans la pénombre. L'endroit est vaste. Immense. Bondé. Qu'est-ce que tout ça veut dire ? Des fauteuils rouges en enfilade à perte de vue, il n'y a plus une place libre.

Un cinéma ? Comment ? Pourquoi ? Je n'ai rien demandé. Je déteste ça. Je veux me barrer d'ici. J'étouffe. Je dois repérer la sortie. Je distingue l'unique porte, au fond à droite sous un triste panneau lumineux indiquant l'issue de secours. Il est hors de question que je reste dans cette salle. Mes mains en appui sur les accoudoirs, je me rends compte que je n'ai pas vraiment la force de bouger. Il fait chaud. J'ai tellement chaud. Mais je suis trempé de la tête au pied. J'ai une vive douleur à l'avant-bras. Comme si on venait de dessiner avec un cutter sur mon épiderme. Qu'est-ce que c'est que… ? À l'intérieur de mon poignet, j'ai… Un tatouage. La lettre « I ». Mais que m'arrive-t-il ? Je suffoque. Autour de moi, les gens n'ont aucune expression, ils fixent l'écran sans broncher. Je voudrais hurler à l'aide, j'ouvre la bouche mais aucun son ne veut sortir.

Ma poitrine me fait un mal de chien, j'ai l'impression que quelqu'un serre mon cœur à pleine main. Affligé par la douleur, je me plie en deux sur mon fauteuil. Mes yeux restent figés sur mon pantalon déchiré. Sur ma cuisse, trône un morceau de papier. Dans ma paume, j'observe cette page pliée en quatre que je viens de saisir. J'ignore tout de ce document détrempé. Je tente de défroisser la feuille, mais la matière est humide. Les mots sont illisibles, l'encre coule sur mes doigts et la lettre se dissout entre mes mains. Le délire m'échappe. Je ne comprends rien à rien.

Alors que je contemple cette lettre qui se délite entre mes doigts, il y a une espèce d'agitation qui vient du fond. J'entends chuchoter. Un grondement inquiétant qui déclenche un frisson le long de ma nuque. Comme une menace qui déploie ses ailes autour de moi. La jeune femme à ma droite semble soudainement effrayée. Cette indienne roule de grands yeux noirs, je suis déstabilisé. Le malaise s'installe. Une vague d'angoisse pétrifie la salle. J'avais chaud, maintenant je suis glacé. Je grelotte et le froid mord ma peau. Plus personne ne bouge. Ici, tout le monde répète à voix basse :

— Ça va commencer… Chut… Ça va commencer.

La lumière déjà timide des projecteurs disparaît. Je plonge dans le noir. Il ne reste que l'écran géant qui s'illumine. On projette un générique presque hypnotique. Écrit en blanc sur fond noir, je découvre le titre:

« La sanction ».

Tout le monde se lève et quitte la salle en silence. Le film n'a même pas commencé et visiblement personne ne veut assister à la séance. Je ne vois pas pourquoi je m'infligerais ce visionnage. Je m'apprête à me redresser pour suivre le mouvement. Mais la jeune hindoue à côté de moi pose sa main sur mon épaule pour me contraindre à rester assis. Elle a les yeux écarquillés, je vois la terreur dans son regard. Avant de s'enfuir, elle s'incline pour me chuchoter :

— Non, Thomas. Pas vous. Ne bougez pas… Le Recruteur veut vous voir.

LA SANCTION

Votre séance est offerte par Pinces & Associés. Pompes funèbres et Services funéraires.

« Parce que chaque jour compte, surtout le dernier. »

Assis au premier rang, je suis hypnotisé. Le film se déroule sous mes yeux et je ne peux pas bouger. Seul dans la salle, je découvre un mouvement de caméra lent. Une église dont le clocher semble caresser le ciel bas et gris. On y voit un vol désordonné de pigeons en ce matin de novembre. Un travelling sur le parvis où quelques personnes réunies par petits groupes se font fouetter par un vent glacial. Dissimulés derrière de larges montures solaires, les visages sont tendus. Les cloches tintent un air sombre, grave et monotone. Le véhicule noir s'immobilise à quelques mètres. Quatre hommes en costume en descendent lentement. Puis le conducteur se positionne à l'arrière pour ouvrir le hayon. Un homme posté à chaque poignée, le cercueil est transporté lentement. Chaque pas est empreint de solennité.

Le cortège s'engouffre entre les portes de l'édifice.

Chacun emboîte le pas pour suivre le mouvement entre les bancs de l'église. On se glisse dans les travées face à l'autel. Sous les yeux de l'éternel, cloué et impassible. Escortés par les gémissements de l'orgue, les hommes du service funéraire déposent le cercueil à la vue de tous. Un rayon de soleil perce à travers les vitraux pour illuminer le sol usé. Ce qui n'échappe pas à cette femme qui ressemble à s'y méprendre à Roxane, la conductrice. Réfugiée derrière un kleenex, elle sèche ses larmes avant de poser sa main sur son ventre. Deux pansements couvrent des blessures superficielles. L'un au front, l'autre au cou. Plus loin, un jeune black reste en retrait. Très élégant, dans un costume cintré, l'épaule appuyée contre une colonne de l'église. Il contemple la scène en mordant dans une pomme à pleine dent. Il semble très détaché. Il y a peu de monde finalement. Il fait froid. Très froid.

Le prêtre entame son office funèbre. Le petit vieillard dégarni au nez incroyablement vaste pour sa minuscule face, prend place devant le micro. Tout le monde se lève. Un raclement de gorge plus tard, il déclame :

— Face à la mort humaine, chacun de nous ressent la souffrance provoquée par un cœur perturbé, l'intelligence secouée et l'œil désolé. Mais Dieu a le droit de rappeler à Lui qui Il veut, quand Il le veut, d'où Il veut et à la manière qu'Il veut. Notre Seigneur ne consulte personne au sujet de notre mort. Il n'existe pas d'amnistie pour la mort. Dieu tout-puissant est le Créateur de notre corps et de notre âme, le maître absolu du temps et de l'éternité, de ces espaces matériels et des sphères spirituelles, et c'est pourquoi nous nous tenons devant Dieu dans l'humilité et la foi. […]

Devant l'appel de notre Seigneur, se taisent toutes les remarques et toutes les histoires humaines. Il ne reste que la réponse de celui qui a été appelé devant Le Créateur. Il ne reste que notre intervention humaine face à notre Seigneur. Que Dieu reçoive cette âme et lui accorde la récompense pour ses bonnes œuvres et le pardon de toutes ses omissions. Nous aussi, repentons-nous pour les bonnes œuvres non accomplies et pour toutes les mauvaises pensées. Pour toutes les paroles et actes qui n'étaient pas en accord avec la loi de Dieu. [...]

Cette mort prématurée, est un choc pour nous tous. J'aimerais que nous conservions dans nos cœurs et nos esprits, l'image de cet homme fort. L'image de cet individu très attaché à ses fonctions. Un travailleur assidu, un homme d'affaires et de relations qui n'a jamais baissé les bras. Je sais qu'il va vous manquer. Qu'il restera dans nos cœurs et liés à tous. Qu'il repose dans la paix du Seigneur.

Tout le monde semble s'ennuyer profondément. Pourtant, sous les voûtes, résonnent les sanglots aigus et poignants d'un petit garçon. Le seul à pleurer est un petit blond. C'est... Maël ! Son visage se tord de douleur. Mon fils se cramponne à sa boîte en plastique bleue, affligé par un chagrin infini. Chacun est invité à se recueillir une dernière fois devant le cercueil. Certains y déposent une fleur. D'autres se contentent de rester immobiles face à la boîte pendant quelques secondes. Olga est là. Elle ne peut s'empêcher de dévisager une jeune femme brune de l'autre côté de l'église. Moulée dans un tailleur, celle-ci est en larme et observe avec nostalgie le portrait en noir et blanc d'un homme en costume trois-pièces. Sur la photo, on découvre un sourire dynamique, un menton menu et légèrement en pointe. Un regard clair, mordant et opiniâtre. Dans les yeux de la jeune femme se joue une mélancolie immense. Sous la photo, on a pris soin de déposer une couronne de fleurs portant l'inscription « Repose en paix Thomas ». L'enterrement que je regarde... C'est le mien.

TOMATO KETCHUP

Une révélation bien rouge.

Toujours au premier rang, mon sang se glace. J'ai un haut-le-cœur. Le court-métrage sur mon enterrement me donne envie de rendre. L'image de Maël qui pleure ma mort est un coup de poing dans la poitrine. Voir mon propre cercueil déclenche en moi un malaise étrange. Il faut que je sorte. Je fuis vers l'unique issue. Je pousse, je tire, je donne un coup d'épaule. Rien à faire. La porte est condamnée. L'écran s'éteint derrière moi. Plus de son, plus d'image. Un noir profond gagne la salle.

— Ce que tu viens de voir est la Sanction…

Une voix étrange s'élève dans l'obscurité. Celle d'un enfant, mais avec une certaine autorité dans le timbre, doublée d'une étrange maturité. J'y décèle la vigueur troublante d'un adulte. Je me retourne. Je ne sais pas d'où vient le son. Je tente de distinguer mon interlocuteur tapi dans l'ombre. Mais il n'y a aucun mouvement.

— La Sanction… Voici ce qui t'attend en cas d'échec, Thomas.

— Qui est là ? Quel échec ? Montrez-vous ! Qu'est-ce que tout ça signifie ?

J'entends le bruit sec d'un interrupteur. Un discret faisceau lumineux se profile. J'aperçois une lampe sur un petit bureau disposé au pied de la scène. Entre l'écran et le premier rang. La voix d'enfant reprend alors :

— Approche Thomas… N'aie pas peur…

Je refuse. Approcher ? Pourquoi ? Je veux surtout partir. Personne ne m'a jamais dicté ma conduite et ce n'est pas près de changer. Je pense immédiatement à m'enfuir de ce cinéma. Mon œil s'arrête sur la petite lucarne par laquelle on projette les films. En y accédant je pourrais me hisser jusqu'à la salle de projection et me tirer d'ici. Et ensuite ? Je verrai bien ! Mon instinct de survie est enclenché, je me mets en mouvement. Je grimpe les premières marches des escaliers à toute vitesse. Mais la voix insiste.

— Tu n'as pas vraiment le choix. Viens Thomas…

Je m'arrête sur le champ. Légèrement angoissé par le flegme de mon interlocuteur. Je me sens pris au piège. Emmuré dans cette avant-première. Et ridiculement fragile.

— C'est hors de question ! Qui êtes-vous d'abord ?
— C'est une excellente question Thomas… Je te la retourne…
— Vous allez me répondre ?
— Je suis… Le Recruteur.
— Le Recruteur ?
— Et toi… Qui es-tu Thomas ? Ou bien devrais-je t'appeler… Tomato Ketchup

« Tomato Ketchup ». Un surnom qui me replonge en enfance. J'avais 5 ou 6 ans sur la côte vermeille. Dans la vieille maison de mes parents au bord de la mer. Je sens l'odeur de la popote. Je revois la décoration d'époque. Je suis en pyjama rouge et bleu, une horreur des années quatre-vingt. Oui, je visualise le carrelage des années trente, jaune avec quelques carrés bleus hideux. Sur la pointe des pieds, je me souviens… Tentant de dérober dans le placard quelques bonbons cachés trop haut avant de passer à table. Je me rappelle partir en douce pour m'empiffrer dans ma chambre. La bouche pleine de mon délit, j'entends encore ma mère m'appeler par ce sobriquet :

— Tomato Ketchup ! À table !

Ma consommation de Ketchup… C'était un bon résumé de mon enfance. J'en mettais partout. Dans la purée, avec les pâtes, le poisson, toutes sortes de féculents, avec les lentilles et le maïs, avec les légumes et même parfois, sur les fruits. De la sauce tomate dans mes assiettes, du rouge proportionnel à mon bonheur. Entendre « Tomato » et « Ketchup », c'est me prendre un retour en arrière fulgurant. Je reçois le souffle de souvenirs heureux. L'odeur de la mer, le sable chaud entre les orteils, le goût de la pastèque au bord des lèvres, des poèmes innocents, des cahiers plein de vent et l'insouciance d'années délicieuses. Un spectre tellement loin de ce que je suis. J'ai l'impression que c'était il y a une éternité. Ou peut-être dans une autre vie…

RECRUTEMENT

Le processus est en marche.

Du ketchup… Sonné par l'effet de l'annonce, je me ravise. Planté dans les escaliers, un doute me submerge. Comment ? Comment peut-il savoir ? Personne ne m'appelle plus Tomato Ketchup. Les rares personnes qui sont au courant, je ne les côtoie plus depuis longtemps. Je n'ai plus avalé une goutte de sauce tomate depuis que j'ai 10 ans. Je redescends les marches lentement, assailli de questions à propos de ce secret ridicule. Irrésistiblement attiré vers le bureau du Recruteur. J'avance vers la lumière et l'opportunité d'avoir des réponses. Oui, des réponses concernant mon errance dans les salles noires ainsi qu'au sujet de « mon état ». Il se passe une chose étrange, j'ai l'impression de revenir à ce que je suis. J'ai la sensation de retrouver lentement ma conscience. Doucement, mon caractère. Sûrement, ce que j'étais avant. Sauf qu'il me manque tous les éléments.

— Assieds-toi…

Je m'exécute, sans être spécialement étonné de trouver une chaise et un bureau ici. Au point où j'en suis… Je peux obtempérer. À tâtons, je saisis le dossier et m'installe, fébrile comme si je passais mon premier entretien d'embauche. Seule la surface du bureau est éclairée. De mon interlocuteur, je ne distingue que les mains et le bas du visage. Son menton et ses petites lèvres m'intriguent. De longs doigts fins attendent sagement que je coopère.

— Comment te sens-tu Thomas ?
— Pas vraiment à ma place.
— C'est normal. Tu vas t'y faire.
— Qu'est-ce que je fabrique ici ?
— Je t'ai fait venir pour des raisons biens précises.
— Je peux savoir lesquelles ?
— Pas maintenant.
— Comment savez-vous… Pour… Tomato Ketchup ?
— Je te connais mieux que n'importe qui.
— OK… Tout ça… C'est complètement dingue ! Je m'en vais !
— Ne bouge pas, Thomas. Et puis… Tu comptes aller où ?
— Je n'en sais rien. Nous sommes où d'ailleurs ?
— Ici, et nulle part. Ailleurs, peut-être bien.
— Au moins, c'est précis.
— Tu es dans Le Supplément d'Âme.
— Le quoi ? Je ne comprends rien.
— Ce n'est pas important. Pas pour l'instant.
— Qu'est-ce que vous attendez de moi ?
— Je te conseille de jeter un œil à ceci.

Le Recruteur semble ouvrir un tiroir. Je perçois le son du casier qui roule jusqu'à la butée. Puis il dépose un dossier en carton sur le bureau. Du bout des doigts, il le fait glisser jusqu'à moi. Perplexe, je tire la chemise cartonnée de mon côté. J'hésite un instant avant de m'en saisir. Le chasseur de tête me lance :

— Voici ta Cible.
— Ma Cible ?
— Ta Cible, Thomas. Ouvre le dossier.
— Stop ! OK… C'est… Absurde ? Inconcevable ?
— Thomas…
— Le film, le dossier, vos mystères… Vous allez me dire ce qu'il se passe ?
— Tu sais ce qu'il se passe Thomas.
— Non ! J'ai l'impression d'être dans un cauchemar.
— Tout ceci est bien réel.
— Bien sûr. C'est bon… Je me barre !

Je suis passablement agacé. Prêt à bondir de ma chaise.

— Tu as vu La Sanction. Si tu pars, tu sais à quoi t'attendre. Inutile de te faire un dessin.
— Vous me menacez ? C'est du chantage ! C'est ça ? On marche sur la tête !
— Tu crois ? Pour moi, tout me semble clair. Es-tu vraiment en position de décider ?
— J'ai toujours décidé ! Personne ne me dicte…
— Mais pas ici. Pas de ce côté.
— De ce côté ?
— Allons… Ne fais pas l'idiot Thomas… Depuis que tu as vu ton corps dans la boue et ta moto désintégrée, tu dois avoir une petite idée…
— Je suis… Oh merde… ? Je suis… Mort ?
— Disons que…
— … Non je suis mort ? C'est ça ?
— Mort. Vivant. Peut-être entre les deux. C'est plus compliqué que ça.
— C'est plus compliqué que ça ? Je suis mort ! Putain ! Mais qu'est-ce que je fabrique ici ? C'est une sorte de purgatoire ? C'est ça ? C'est le Jugement Dernier ou je ne sais quoi ?
— Quelle idée ! Tu es là pour ta Mission.
— Ma Mission ? Quelle Mission ?

— Thomas, tu peux arrêter de répéter tout ce que je dis ? J'aimerais entrer dans le vif du sujet.

— …

— Ta Cible, Thomas ! Regarde ta Cible !

— Et c'est qui « Ma Cible » exactement ?

— Ouvre, au lieu de parler…

Je n'arrive pas à croire ce que j'entends. On a volé ma vie. Je ne suis pas vivant. Coincé entre la vie et la mort, je suis de « l'autre côté ». C'est surréaliste. Je vais me réveiller, je dois me réveiller ! J'entends l'index que le Recruteur tapote contre le bureau avec agacement. Il ne cache pas son impatience. Puisque je n'ai pas vraiment le choix… Puisque la situation semble définitivement m'échapper… Je le fais. J'ouvre le dossier.

Je découvre dans la pénombre des clichés d'une femme. La conductrice. On dirait simplement un cas social sur cette photo. Elle était au volant, puis dans le film de mon enterrement, maintenant dans ce dossier.

— C'est la fameuse Roxane ?

— Tout à fait.

— Je ne connais pas cette femme.

— Elle te connaît. C'est l'essentiel.

— Et alors ?

— Et alors… Quoi ?

— Je peux avoir de vraies réponses ?

— Pose-toi de vraies questions !

— C'est bon ! Allez-vous faire voir ! Je me barre.

Excédé, je me relève d'un bon. Je lui balance son foutu dossier à la figure. La lampe tombe au sol. L'ampoule éclate et on replonge dans le noir.

— Et tu comptes aller où Thomas Garnier ?

— …

— Tu veux fuir ? Encore une fois ?
— Arrêtez !
— Tu veux faire un mauvais choix ? Encore ?
— À quoi ça rime ?
— Le processus est enclenché.
— Vous allez me dire ce que je fous ici ! Maintenant !
— Imagine que tu puisses avoir une seconde chance…
— Comment ça ? Une seconde chance… De vivre ?
— De comprendre, Thomas ! De comprendre…
— Comprendre quoi ? Mais comprendre quoi bordel ? !
— Qui es-tu Thomas ?
— Ça suffit avec ça ! Je n'en sais rien ! JE N'EN SAIS RIEN OK !
— Il est temps de faire les comptes et de payer la facture.
— Foutaises !
— Tu vas comprendre. À la fin, tout le monde fini par comprendre.
— Mais taisez-vous ! Vous allez vous taire !

Mes poings se serrent, je ne contrôle pas ma colère. Piqué au vif, j'attrape le bureau à pleines mains pour le retourner sauvagement. Je bondis pour me ruer sur Le Recruteur. Je veux juste qu'il la ferme. Foutu pour foutu, il faut que toute cette mise en scène s'arrête. Je l'emporte au sol dans mon élan. Je l'empoigne fermement par ce que j'imagine être un col, mon bras est armé pour lui décocher une droite. Il se met à rire. À rigoler franchement. Désarçonné par son attitude, je me ravise. La lumière revient. Elle m'éblouit, elle m'étourdit. Un flash blanc inonde la salle. L'intensité lumineuse s'adoucit pour revenir à la normale. L'homme que je tiens par le col, Le Recruteur… C'est moi.

ON VA LE PERDRE

On va le perdre

Je reviens à moi dans un sursaut irréel. J'ai perdu connaissance en voyant mon double dans une fulgurance inexpliquée. Je viens de nulle part. Adieu la salle de cinéma. Adieu le Recruteur et la Sanction. Je quitte un cauchemar pour retomber lamentablement dans un autre. J'ai des milliers de questions. Assis à l'arrière d'une ambulance, je découvre un espace exigu. Ballotté par les remous du trajet, le médecin se débat avec mon pronostic vital. Contrôlant d'un œil pessimiste mon oxygénation, les variations de ma tension artérielle et ma plaie. Mon corps est si pâle. Je me dis qu'on est peu de chose finalement. Tout ce qu'il reste une fois que la conscience s'est fait la belle, c'est un peu de chair inerte à l'horizontale. Ma « Cible », la conductrice qui m'a bousillé, contemple le brancard de ses yeux noisette exempts de toute expression. Comment peut-on autoriser la personne qui est responsable de mon état à monter dans le même véhicule que moi ? Je n'ai pas la réponse. Le visage trempé, grimé par un maquillage ruiné, elle répète à voix basse dans une transe qui frôle l'autisme :

— Je n'ai pas fait ça. Je n'ai pas fait ça. Je n'ai pas

fait ça…

Juste à côté de moi, la version de ce que je suis, tout droit sortie des années quatre-vingt, reste obstinément plongée dans son carnet. L'enfant écrit avec frénésie pour noircir de sa main gauche des pages entières. Il me lorgne discrètement du coin de l'œil, comme si je ne le voyais pas faire. Ce gamin… Cette « chose » doit savoir, c'est évident. Pour le cinéma, la Sanction, la Cible, la Mission, Le Recruteur et tout le folklore. Sa présence à mes côtés mérite forcément une explication. Je tente une approche discrète :

— Hey petit ?
— Pourquoi tu chuchotes ?
— Ben, je ne sais pas…
— Personne ne peut nous entendre. Personne ne peut nous voir.
— Comment ça ? On n'est pas vraiment là ?
— Si mais… En parallèle.
— Je ne comprends pas. Comment est-ce poss…
— Je te jure, il faut que tu arrêtes de chuchoter ! Ça va vite m'énerver !
— Désolé… Qu'est-ce qu'on fait ici ?
— Aucune idée, c'est à toi de le définir.
— Mais je vais mourir ?
— On va tous mourir.
— Oui… Vu comme ça…
— Il y a d'autres manières de le voir ?
— Mais je veux dire… Ce soir, je vais mourir ?
— Chais pas. Moi, je suis mort depuis longtemps.
— Quoi ?
— Laisse tomber…
— Tu as bien une petite idée ?
— J'en sais rien. Tu as envie de mourir ce soir ?
— Non.
— Ce soir, dans 4 heures, demain, ou après-

demain… À en croire ce qu'il reste de toi… Ça ne change pas grand-chose.

Il replonge le nez dans son maudit cahier avec une décontraction qui me défrise. Une fesse sur le brancard, assis juste à côté de mon corps blessé, il transpire l'insouciance. Je suis à deux doigts de passer l'arme à gauche – si ce n'est pas déjà fait, et il griffonne tranquillement… Imperturbable.

Une sonnerie retentit dans le véhicule. Mon téléphone se remet à sonner et à vibrer. Couvrant tous les bruits à l'intérieur du fourgon. La Cible recherche le smartphone dans mes affaires maculées de boue. Entre ses mains, elle découvre un message qui m'était destiné :

> *« Message reçu de A. :*
> *J'espère que tu prends mes menaces au sérieux »*

J'ignore qui vient de m'écrire, ce n'est pas ma femme visiblement. Qui se cache derrière ce « A » ? Quelles sont les menaces évoquées ? La conductrice reste sans voix. Dubitative, elle fixe l'appareil longuement. Le médecin, lui, semble de plus en plus alarmiste. Les instruments de mesure se mettent à sonner et à clignoter. Je constate des courbes en chute libre sur les écrans, tel un rappel autoritaire de la grande faucheuse. Le gamin en profite pour écrire de plus belle. Avec plus d'entrain et un sourire troublant au bord des lèvres. Après avoir jeté un œil sur l'évolution de l'hémorragie, le toubib se met à cogner sur la paroi de la cabine du conducteur. Il faut accélérer. À tout prix :

— On va le perdre !

Immédiatement, notre allure augmente. Les secousses à bord sont de plus en plus violentes. La Cible se cramponne pour tenir bon. Chaque virage est nettement plus marqué. Le fourgon fait une embardée. Et mes affaires tombent au sol. Aux pieds de la Cible, mon portefeuille vient de chuter. Il s'en échappe un peu de monnaie et une feuille de papier pliée en quatre. Identique à la page humide que j'ai tenue dans le cinéma. La fameuse Roxane tente de ramasser ce qui traîne à terre. Lorsque ses yeux se posent sur la page, elle change de couleur. Ses pupilles se dilatent, son souffle se coupe. Instantanément, la Cible referme la feuille. Elle glisse discrètement le document plié en quatre dans la poche de son pantalon. Pourquoi me dérober ce bout de papier ? Je me lève d'un bond, je veux savoir de quoi il s'agit. Mais l'enfant stoppe son écriture pour émettre un petit claquement de langue réprobateur avant de prononcer :

— Ce n'est pas utile pour l'instant.

Je sais que ce n'est pas dans mes habitudes, mais je me ravise sans discuter. Je ne sais pas si c'est son attitude, son détachement ou le fait que je l'ai trouvé assis dans la boue, mais ce gamin m'impressionne. Pendant ce temps, la conductrice fautive replace la petite monnaie dans le portefeuille. Le gosse a terminé d'écrire. Il arrache une page de son carnet. Le gamin se lève et me toise. Puis il me colle la feuille sous le nez.

— Tiens. Lis ça.

AUX ABONNÉS ABSENTS
Chronique du Carnet Noir

Thomas, un abruti qui n'a pas froid aux yeux.
Quelques semaines avant…

Sur le tatami, trois rangées de combattants bien alignés. Des enfants de 8 à 12 ans. La compétition est terminée. Dans la queue composée des plus jeunes participants, il est en seconde position. Maël attend pour la remise des médailles. Les mains le long du corps, posées bien à plat sur son Kimono impeccable. Il est encore débutant, ceinture jaune, mais il vient de décrocher la médaille d'argent en « Kumité ». Son troisième podium pour cette année. Il est très fier et plutôt doué pour son âge.

Alors que l'on se prépare pour la cérémonie, il scrute le gymnase pour croiser la plus belle des récompenses : le regard admiratif de sa mère. La médaille lui est remise. Il prend la pose pour une photo de groupe mais le môme manque d'entrain. Maël cherche son père du regard. Dans ses yeux, on y devine toujours cette sorte de doute. Cette peur d'un rendez-vous manqué. Le visage du petit Maël se ferme lorsque sa mère lui tend le téléphone. Le karatéka en herbe vient de comprendre, rapidement habité par l'amertume d'une promesse non tenue. Son père n'a pas pu venir. Papa avait promis, il va lui expliquer au bout du fil :

— *Alors mon grand ?*
— Deuxième…
— *Mais c'est super. Tu es une graine de champion !*
— J'ai placé un Mae-Ashi-Geri, tu aurais dû voir ça… Mais tu…
— *Je sais, je sais… Ce dossier est un enfer. Je suis désolé mon grand.*
— Tu ne viens jamais…
— *Pour la prochaine compétition, je serais là !*
— Tu dis toujours ça…
— *Promis, je te le jure… On se voit ce soir ?*
— Si tu veux…
— *Je t'aime.*
— Je t'aime Papa…

Le père raccroche en fermant les yeux. Ressentant un petit pincement au cœur. L'espace d'une seconde, Thomas est pris de culpabilité. Allongé, les cheveux ébouriffés et légèrement en sueur, il soupire. Il a honte. Et quelque part… Ce sentiment est justifié, il le sait. Dans la pièce où il se trouve, résonnent des mots prononcés par une jeune femme :

— Moi aussi je t'aime…

Il ne dit rien. Il l'observe en silence. Elle est exquise. Sa plastique gracile et sa petite poitrine. Sa peau encore luisante suite à un bel effort sur l'oreiller. Il admire son teint hâlé. Puis il contemple une dernière fois ses courbes. Son string qu'elle remonte le long des cuisses en se rhabillant. Elle attache ses longs cheveux bruns et ajuste sa jupe.

— Tu me ramènes ?
— Tu as ton casque ?

L'IGNORANT

De retour à côté du brancard, sur le trajet qui mène à l'hôpital

Entre mes doigts, ce maudit torchon décrit une tranche de ma vie que j'ai du mal à encaisser. J'ai fauté, visiblement. Cette intolérable page du Carnet Noir retrace la trajectoire d'un connard à l'apogée de son art. A priori, j'ai délaissé mon fils pour une partie de jambes en l'air. Est-ce que j'en étais capable ? Je ne sais pas. Je le suppose. Les faits parlent pour moi. Et ce n'est pas une fiction, même si je le souhaite très fort. J'ai la lecture amère, c'est une partie de la vérité que je n'ai pas envie d'assumer.

C'est troublant. C'est vexant. Et en même temps, c'est presque évident. Si je découvre cette facette de ma personnalité en lisant cette chronique, j'ai l'impression de savoir pertinemment que je peux être « comme ça ». A priori, j'avais de sombres travers, on en a tous. Tout au fond de moi, je ne suis pas « étonné ». Ce qui rend la nouvelle d'autant plus difficile à digérer. Des bribes de souvenirs me reviennent pour démêler le vrai du faux.

C'est comme un fragment de mémoire que j'avais totalement occulté jusque-là. Depuis l'accident, je ne me souviens de rien, mais à cause de ces quelques lignes, l'amnésie se dissipe un peu. À moins que je ne me voile la face depuis le début ? Entre un oubli volontaire et un déni nécessaire, mon âme balance. Je froisse la feuille et ne peux m'empêcher de demander à son auteur :

— Qui es-tu nom de Dieu ?
— Je suis celui dont tu as besoin, Thomas.
— Génial ! Je suis bien avancé.
— Je suis un peu ton guide.
— Mon guide ?
— Ton guide, ton mentor, ton tuteur… Bref, tu ne peux pas te passer de moi.
— J'hallucine…
— Et toi… Qui es-tu ?
— … Je n'en sais rien… Putain… Je n'en sais rien du tout.
— Si ça peut t'aider… Toi et moi, c'est une longue histoire.
— Qu'est-ce que c'est que cette merde encore ?
— Je suis une vieille connaissance…
— J'ai dû faire une overdose. Je suis en plein délire.
— J'appartiens à une autre époque. Allons… Un petit effort…
— Tu es… ? Non… ?
— Regarde ma veste. Regarde ma coupe. Regarde mes Reebok…
— Tu es… Moi ?
— Je suis Tomato Ketchup. Tu peux m'appeler T.K.

Je le contemple de la tête au pied, incrédule. Il a cet air suffisant, je pourrais lui coller des claques. Son visage exhibe une moue détestable teintée d'une arrogance qui m'irrite. Je suis incapable de parler. J'ai même du mal à penser. Le fourgon s'arrête, le gamin fait un signe de la tête. Les deux portes à l'arrière s'ouvrent dans un fracas strident. Les jeux sont faits. Le brancard s'engouffre dans le hall des urgences. Tomato se frotte les mains en foulant le sol :

— La partie commence, mon grand.

Mon cas désespéré est accueilli dans une effervescence troublante. À grand renfort d'internes et de chirurgiens, on escorte mon corps au pas de course jusqu'au bloc opératoire. La Cible trotte péniblement pour accompagner le mouvement. J'avance dans le cortège, et le gamin nous suit d'un pas assuré avec son cahier sous le bras. Le bilan est annoncé, la salle d'opération est prête. Tout le monde est sur le pied de guerre, les dents serrées. Le brancard franchit des portes, des enfilades de couloirs et des sas à toute allure. Les blouses blanches grouillent dans tous les sens. Ici on parle très vite. Mais l'affolement n'est qu'en surface. En réalité, derrière cette apparente convulsion, chacun est à sa place. Chacun sait ce qu'il doit faire. On est prêt à me sauver la vie. On réfléchit très vite. On agit sans attendre. Au bout du corridor, une immense porte vitrée automatique attend notre arrivée. Les médecins franchissent le seuil, poussant le brancard dans un dernier sprint. Une infirmière s'interpose pour stopper la conductrice avec virulence :

— Pas vous.
— Mais !
— Personne ne rentre au bloc. C'est clair ?

Elle reste figée face au refus. La porte se referme. Je suis frustré ! Je voudrais continuer. Je voudrais aller voir. Que vont-ils faire de moi ? J'aimerais assister à l'opération et écouter ce qu'il se dit. Mais il m'est impossible d'avancer. Un lien invisible me contraint aux côtés de la conductrice refoulée. Je ne peux pas m'éloigner de la Cible. « Tomato Ketchup » se laisse glisser le long du mur pour s'asseoir avec nonchalance sur le lino. Pas vraiment concerné par la gravité de mon état. Il ouvre à nouveau son calepin qu'il dépose sur ses genoux redressés. Puis le gamin recommence à prendre des notes. Absorbé par l'écriture, il m'indique sans lever la tête :

— Tu ne peux pas aller plus loin.
— Bordel ! Mais pourquoi ?
— Parce que je l'ai décidé.

La Cible reste stupéfaite. Debout, encore sous le choc et pétrifiée. Incroyablement seule dans ce couloir, face à la porte qui vient de se refermer. L'agitation s'éloigne. Le silence reprend ses droits. Elle se tient les cheveux, respire de plus en plus fort en tournant en rond. Elle soupire et sa bouche grimace. Tordue par la douleur au creux de sa poitrine, Roxane est dévorée par l'angoisse et la responsabilité de ses actes. Puis elle s'effondre, submergée par l'émotion, se demandant en boucle ce qu'il vient de se produire. Sa crise éclate au grand jour. Elle pleure à chaudes larmes. Sa culpabilité roule sur les joues. Elle s'en veut. Elle s'en veut tellement. Elle est à bout.

Roxane avance difficilement jusqu'à la première chaise qui s'offre à elle dans le couloir. Sous le crépitement épouvantable d'un néon, elle s'affale. Totalement dévastée, la conductrice dépose mes affaires sur ses cuisses et contemple mes fringues couvertes de boue et de sang. Probablement tourmentée par les images du crash qui passent en boucle dans sa tête.

Soudain, une lueur lucide traverse son regard rougi, elle se munit de la feuille de papier pliée en quatre. Elle l'examine quelques secondes avant de l'ouvrir. En découvrant son visage frappé de stupeur, ma curiosité est attisée. Elle plaque sa main sur la bouche pour retenir un cri de surprise. Que contient cette lettre ? Je dois le savoir.

Je m'approche, mais je ne parviens plus à avancer. Immobilisé par une force qui me dépasse. Dans mon dos, j'entends T.K. m'expliquer :

— Ça non plus, tu ne peux pas.
— Mais je dois savoir !
— En temps voulu…
— Donc… Si je comprends bien… Je dois rester planté-là ? Entre la porte du bloc et cette nana?
— C'est à peu près ça…
— Et jusqu'à quand ?
— Le temps qu'il faut…
— Mais je fais ce que je veux ! Merde !
— Toi, c'est clair… T'es bien un Ignorant.

Je me retourne vers ce petit merdeux qui joue avec mes nerfs. Il ne daigne même pas lever la tête pour m'adresser la parole. Je suis exaspéré par son attitude :

— C'est quoi encore ces conneries ?
— Regarde ton poignet.

Je scrute mon avant-bras pour y jeter un œil. Sous mes yeux, je repère cette lettre tatouée sur ma peau. L'infâme « I » découvert un peu plus tôt dans la salle de cinéma.

— « I » pour Ignorant, mon grand.

Alors c'est ça ? C'est ce que je suis ? Un Ignorant face à un puzzle gigantesque dont il me manque la plupart des pièces ? Je reste bouche bée devant ce sigle gravé dans le sang. Je ne sais rien. Je suis perdu. Totalement paumé. Les questions se bousculent dans ma tête. Si bien que je reste cloué sur place sans broncher. Par quoi commencer ? Par où débuter ? Il y a donc un sens à donner ? Des réponses à trouver ? Et le lien avec la Cible ? Et ma maîtresse ? Qu'est-ce que je dois faire avec si peu d'informations ?

Tomato Ketchup replace le capuchon sur son stylo. Le bruit d'une page qu'on arrache résonne dans le couloir. Le gamin se tient debout puis vient à moi avec désinvolture :

— Tiens l'ignorant, lis ça pour commencer. Quelques lignes qui devraient t'aider.

Il plaque la feuille de papier sur mon cœur en accompagnant le geste d'une petite tape de compassion. Je pose mes yeux sur son texte et me replonge dans le passé.

YANN
Chronique du Carnet Noir

Il y a quelques mois déjà…

Au milieu du salon de jardin en résine tressée, trône l'imposante table. Son plateau en verre trempé accueille l'apéritif. Les plats débordent de tuiles au parmesan sur des lamelles de jambon sec. Il y a des chips, des feuilletés et des pistaches : tout ce dont raffole le petit Maël. Des assiettes y sont entreposées ainsi que la viande achetée un peu plus tôt sur le marché. On entend l'apaisant clapotis de l'eau depuis le pool house, tout est absolument parfait. Les verres ont été vidés puis remplis plusieurs fois. Au terme de plusieurs rasades de rosé et de bière. Il fait beau, la matinée touche à sa fin.

L'heure du repas approche, Thomas s'active autour du barbecue. Organisant du mieux possible son charbon dans le foyer. Soufflant sur des braises récalcitrantes pour les stimuler. La grille chauffe en quelques minutes et les premiers parfums de carbonade se diffusent. L'atmosphère se détend, on se croirait presque en vacance. Maël est en train de dévorer une bande dessinée, sagement installé dans le hamac sous le cerisier. Le petit garde toujours un œil sur son père, profitant d'un de ces rares instants de bonheur durant lequel Papa fait partie du décor. Sa mère est à l'intérieur, pour revenir les bras chargés de moutarde, d'un plateau de fromage, et d'une bouteille de vin rouge. Aujourd'hui on prend le temps de vivre. Aujourd'hui on savoure l'instant. Pour la simple et bonne raison que Yann est à la maison.

Yann. C'est l'Ami de la famille. L'éternel complice de Thomas est presque devenu un membre à part entière. Même si depuis quelque temps, ce grand brun filiforme est bien plus que ça. Derrière son apparence timide, il est l'incarnation du seul rituel que les Garnier se donnent la peine de respecter : une petite bouffe dans la joie et la bonne humeur. Sa présence est plus qu'attendue, elle est espérée. Elle est devenue vitale. Personne ne le dit, mais ici… Tout le monde le sait.

Yann rayonne. Son influence sur les Garnier est bénéfique. C'est ce que remarque Olga. Elle redécouvre son mari généralement sous un jour nouveau lorsque l'invité est là. C'est clair, Thomas est plus calme, plus disponible en présence de son ami d'enfance. Maël considère Yann comme un oncle et se délecte de cette complicité unique qui les lie. Thomas s'accroche à ce repère à chaque fois qu'il le peut. Au milieu d'une semaine infecte durant laquelle il est overbooké, être en compagnie de Yann est une bouffée d'air pur. Il peut souffler et revenir à des plaisirs simples, le temps de quelques heures. Comme boire, rire, manger autour d'un barbecue et oublier ses affaires un peu trop stressantes.

Sauf que ce matin, Thomas n'est pas spécialement bien luné. Insatisfait né, il peste pour un oui ou pour un non. Contre la légère brise qui oriente la fumée dans la mauvaise direction. Contre les abeilles qui viennent s'agiter autour de la nourriture. Ou encore son rosé qui n'est pas assez frais, le vin rouge qui n'est pas ouvert. La température de l'air à laquelle il manque deux ou trois degrés. Thomas râle. Thomas n'est pas dans l'ambiance. Et le fait que Yann soit à la maison n'y change rien. Ça, c'est étrange.

Olga débarque pour entreposer les derniers plats. La viande commence à griller. Chantant sur le gril pour dégager un fumet qui ouvre l'appétit. Yann guette le verre de son frère de cœur. Prêt à lui « refaire les niveaux » à chaque fois que le godet de rosé se trouve vide. Thomas a bien bu. Thomas se détend. Thomas devient un peu plus causant. Tout en surveillant la cuisson, il reprend la discussion :

— Bon alors… Dis-moi tout… Tu en es où ?
— À quel propos ?
— Ta dernière conquête ! La fille de la salle de sport…
— Ah ? … Oui, elle…
— Alors ?
— C'était très… Intéressant…
— Intéressant ? Yann ! Ça devait être un petit plus « qu'intéressant » !
— Ça ne l'a pas fait… Je ne sais pas… Je n'ai pas eu le feeling.
— Pff… T'es trop cérébral !
— Tu crois ?
— Depuis combien de temps tu n'as pas… ?
— Ça commence à faire… Je sais…
— Mais qu'est-ce qu'il s'est passé ? Elle avait l'air d'être raide dingue de toi !
— On a eu une belle discussion. Mais je n'ai pas réussi à…
— Quel dommage. « Une belle discussion… » Tsss… C'était un petit lot, celle-là.

— Mais il n'y a pas que ça ! Et l'amour dans tout ça ?

— L'amour mon vieux, ça débute par une histoire de fesse… Après tu vois.

Olga se permet d'intervenir. Motivée par une réaction épidermique suite aux déclarations légèrement misogynes et avinées de son mari.

— Arrête avec tes conseils Docteur Love !
— Trésor ? Quoi ? … Je n'ai pas raison ?
— C'est un peu réducteur.
— Non mais j'ai raison ou pas ? Je suis convaincu que le sexe est LA base pour construire autre chose de plus romantique. Tout commence par du cul ! C'est la vie !
— Je vais me servir à boire plutôt que d'entendre ce genre de discours. Et vous, Monsieur Garnier… Vous devriez lever le pied sur la boisson et tenir votre langue devant votre garçon…

Yann s'approche de l'imposant barbecue en pierre pour s'y accouder. Remuant lentement le vin au fond de son verre, il verse dans une certaine mélancolie. L'Ami de la famille hésite un instant avant de se confier dans un soupir :

— Depuis, Sophia… Je n'y arrive pas…
— … Sophia… Je ne sais pas quoi te dire mon vieux… Elle ne te méritait pas… Tu vas t'en remettre…
— J'essaie de tourner la page… C'est simplement que j'ai du mal à pouvoir aller de l'avant…
— Laisse-toi encore un peu de temps. T'es jeune. Comment ça « tu as tourné la page ? »
— J'ai dit « essayer »…
— Je suis sûr que tu as déjà quelqu'un en vue.
— Hum…
— C'est ça en fait !

— …
— C'est ça ? Tu as quelqu'un ! J'en étais sûr !
— Pas exactement…
— Dis-moi tout, crapule ! Je veux tout savoir.
— C'est compliqué.
— Toi… Tu te fourres toujours dans des histoires foireuses.
— Elle est mariée…
— Oh…
— Ne m'en parle pas…

Dans leur dos, Olga file discrètement dans la cuisine. Il manque toujours quelque chose au dernier moment. De l'eau fraîche par exemple. Yann l'observe du coin de l'œil, puis profite de l'absence de la maîtresse de maison pour changer de sujet :

— Bon ! Et toi, le boulot ? T'as une mine de déterré mon pauvre.
— Ça n'arrête pas… J'enchaîne dossier sur dossier… Je crois que j'ai besoin de vacances. Je suis au bout du rouleau.
— Mais dors, mon vieux ! Dors !
— Cette nuit j'ai terminé à 4 h 00. J'ai pas le temps de dormir.
— Je ne sais pas comment tu fais. Moi si je n'ai pas 8 h 00 de sommeil, je suis une loque.
— Je n'ai pas le choix. Faut que ça tourne. Puis le fric appelant le fric… Le cabinet déborde d'affaires. Mais j'ai des produits pour tenir. Je triche un peu.
— Tu tournes toujours au cocktail « cafés, vitamines et Redbull » ? Il va t'arriver des bricoles !
— Non, j'ai trouvé mieux.

Thomas exhibe discrètement de sa poche un petit sachet.

— De la neige ? Tu tournes à la cocaïne ?
— Pas si fort ! Y a mon gamin juste-là !

— T'es un grand malade.

— Le marché c'est la jungle, si t'es pas le plus rapide, le plus féroce ou le plus malin… T'es mort. Il faut tout donner.

— Je ne suis pas sûr que tu sois le plus malin sur le coup.

— C'est très efficace. Tu peux me croire.

— Et tu vas te ruiner la santé pour ta société ?

— Hé doucement ! Je ne passe pas mes journées à me faire des lignes. Juste un petit coup pour limiter la fatigue. C'est pas méchant.

Le regard incrédule de Yann se pose sur Thomas. La pratique, il ne la cautionne pas. Il ne comprend même pas comment on peut en arriver à de tels extrêmes pour du business.

— Thomas… Je ne suis pas d'accord.

— Je ne te demande pas de comprendre.

— Il y a d'autres moyens. Tu ne peux pas continuer comme ça. Ce n'est pas une vie.

— Comment faire ? « Ce n'est pas une vie… » En tout cas, c'est la mienne !

— Tu devrais changer le fusil d'épaule, ça va trop loin.

— Qu'est-ce que tu veux que je fasse ? C'est un engrenage. Le boulot appelle toujours plus de boulot.

— Profite… Fais quelque chose ! Enfin, ne fais rien, plutôt ! Mais ne tombe pas là-dedans.

— Profiter ? Regarde la taille de cette maison… Tu as vu le 4x4 de madame ? Faut les payer les mensualités chez Audi ! Je profiterai plus tard…

— À condition que tu tiennes le coup ! Quand je pense à ce que tu t'envoies dans le nez… De la cocaïne… Fais-moi plaisir : arrête cette merde !

— Yann… C'est plus fort que moi, il faut que je sois partout et sur tous les fronts. Il faut que j'engrange.

C'est un cercle vicieux.

— Tu ne peux pas déléguer ? C'est un comble ! Avec tout le monde que tu emploies ? C'est toujours mieux que de te remplir le nez avec de la poudre.

— Moins fort ! Chut… Je n'y arrive pas, il faut que je contrôle tout. Ça m'obsède un peu en fait. Tu me connais…

— Tu vas t'y user… Regarde la tête que tu as !

— Je crois que c'est ce qui m'attend.

— Je ne te comprends pas.

— Personne ne me comprend.

— Tu as une femme super. Maël grandi vite… Très vite…

— Tu crois que je n'y ai pas pensé ?

— Essaie au moins de trouver un équilibre.

— Justement… Rien n'y fait. J'ai pris une pointure pour m'assister sur les codes rouges. Je ne t'en avais pas parlé ?

— Oui… Le fameux Paul ? … Non ! Charles, c'est ça ?

— C'est ça, Charles. Un ancien de chez Stradford & Ernst.

— Voilà une bonne chose ! Ça devrait te soulager. Si ce mec peut prendre le relais sur les dossiers sensibles… Il débute quand ?

— Il a déjà démarré ! Tu vois si ça me soulage ? J'ai l'impression que c'est un tocard… Il m'enchaîne connerie sur connerie… Je dois passer derrière lui pour tout vérifier. Il n'y a rien à faire… Si ce n'est pas moi qui m'y colle, c'est la tuile assurée… Alors je prends des remontants pour tenir le coup.

— À ce point ? Tu es sûr que tu ne fais pas une fixette sur le contrôle ?

— Je ne sais pas… Peut-être… Ce que je sais, c'est que depuis que je l'ai engagé, j'ai deux fois plus de boulot et ça me tape sur les nerfs.

— Si je peux juste te donner un conseil…

— Dis toujours…
— Ne passe pas à côté de ce qui compte vraiment. Tu déconnes complètement.

Olga revient dans le jardin les bras encore chargés. Maël rejoint sa mère pour l'aider, tous les deux se mettent à table. Thomas dépose les premières pièces de bœufs dans le plat en attendant que le reste termine de cuire. Les choses sérieuses vont pouvoir débuter, tout le monde a faim.

Chacun se prépare à dévorer un festin de roi. Les deux amis cessent leur discussion. Il n'est plus question de neige. Il n'est plus question de stress ou d'engrenage. Tout ça doit rester entre eux. Il est temps de profiter, le soleil est de la partie. Rien ne peut gâcher le bonheur qui se profile pour les heures à venir.

C'était sans compter sur cette satanée sonnerie. Le téléphone de Thomas se manifeste, c'est mauvais signe. Le visage d'Olga se ferme. Elle dévisage son mari avec ses grands yeux verts. Un regard qui veut dire « ne fait pas ça, ne répond pas ». Lui, tient son téléphone et le laisse sonner. Il sait que ce n'est pas bien. Il a conscience de ce qu'il attend. En même temps, a-t-il vraiment le choix ? Il ferme les yeux en soupirant, il va céder.

Yann contemple la scène, en ayant conscience de ce qui se trame. Maël croise les doigts pour que son père ne fasse pas l'erreur de décrocher. Mais il est trop tard pour ça. Au bout du fil, un client ou un informateur. L'attitude de Thomas change, il devient Monsieur Garnier. La discussion s'amorce et le chef d'entreprise tourne comme un lion en cage. Il parle de transferts. De rendez-vous. De certification. D'audit et d'analyse.

D'un signe de la tête, il indique à tout le monde de commencer sans lui avant de poursuivre sa communication en retrait.

Yann s'installe face à Olga. Celle-ci s'est éteinte en quelques secondes. Le masque se fige. Elle cache sa colère derrière une dose infinie de déception. Une attitude qu'elle tente de dissimuler à son fils, mais qui n'échappe pas à l'Ami de la famille. Thomas ne s'arrête plus, les minutes défilent. L'affaire semble importante et plus rien n'existe autour. Pour les mercenaires de l'intelligence économique et du renseignement, le week-end, la famille et les amis ne comptent pas.

Excédée, Olga quitte la table pour aller se réfugier dans la cuisine. Pour laisser éclater sa rogne loin des yeux de son fils et de son mari surbooké. Le petit Maël ne s'en préoccupe pas, il a l'habitude. Trop heureux de pouvoir discuter de sa dernière lecture avec son « oncle » préféré.

Alors que Thomas négocie, tergiverse et préconise, Yann s'inquiète. Son ami se perd dans des dédales d'explications techniques et financières alors qu'Olga ne revient toujours pas. L'Ami de la famille s'éclipse un instant pour la rejoindre dans la cuisine.

— Olga ?
— Oui ? Pardon, j'arrive.

Il la découvre face à l'évier. Elle renifle, abattue par la situation. Il devine qu'elle vient de pleurer. Il s'approche lentement dans son dos. La situation l'attriste :

— Tout va bien ?
— Plus rien ne va, Yann…
— Il est débordé…
— Il se le cherche. Je ne le supporte plus.

L'Ami de la famille avance encore un peu. Pour se

positionner juste derrière Olga.

— Tu veux lui laisser une chance ?
— À quoi bon ? Je n'existe pas à ses yeux.
— Ne dis pas n'importe quoi… Tu sais bien que c'est faux.
— Tu parles ! Même son fils est transparent. Il n'y a que son boulot qui compte.

Les mains de Yann effleurent les hanches de cette femme désabusée. Elle se raidit une seconde avant de se cambrer en esquissant un sourire timide. Leur complicité se profile en toute discrétion. Il incline lentement sa tête pour déposer un baiser sur la nuque.

— Et pour nous… Qu'est-ce qu'on fait ?

Les doigts s'entrecroisent, Olga bascule la tête en arrière, puis répond avec un doux baiser sur le visage du meilleur ami de Thomas.

— Je ne lui en ai pas parlé…

ÉCHEC ET MAT

De retour à l'hôpital. Prise de conscience

La salope ! Elle n'a pas fait ça ? Je n'aime pas ce que je lis. Je n'aime pas l'homme qu'on décrit, ni la réaction de ma femme. Les pages du Carnet Noir ne me plaisent pas. Comment Yann a pu me faire ça ? Mon ami d'enfance, avec ma femme ? J'ai l'impression de découvrir des pans de ma vie, volontairement occultés. Comment ai-je pu passer à côté de ça ? C'était juste sous mes yeux et j'étais trop occupé à travailler ? Lorsque mon regard quitte la feuille à la recherche de réponses, je ne suis plus dans le couloir qui mène au bloc. Tomato n'est plus devant moi. Le décor n'est plus le même. Tout a changé.

Le jour se lève. Les premiers rayons percent à travers les stores de la pièce. Des murs gris, un lino austère. Je fais face à un lit médicalisé dans une des chambres du service de réanimation. Combien de temps s'est-il écoulé ? Je n'en ai aucune idée.

Il y a mon corps inerte allongé sur le couchage blanc et rêche. Suspendu à la vie par des tubes et des fils. Couvert de bandages, les paupières irrémédiablement clauses. La peau blême, parfois tuméfiée. De la chair exposée sous ses couleurs les plus atroces. Des nuances offertes par les hématomes, les ecchymoses et diverses contusions. Je suis branché depuis la poitrine et mon crâne est connecté à des écrans de contrôle. Tout indique qu'il n'y a plus rien à espérer ou presque. Mon corps ondule lentement au gré du respirateur artificiel et des tubes qui sortent de ma bouche. Je suis face à moi-même, et ce n'est pas beau à voir. Ce bip froid et régulier est le seul lien qui subsiste entre ma vie d'avant et ce que je suis à cet instant. Je suis maintenu au chaud en attendant une décision que je suppose irrévocable. Pourtant, je n'ai qu'une question en tête. Une seule pensée qui m'obsède :

— Elle m'a trompé avec Yann ? Olga… Et Yann
— Thomas, Thomas, Thomas… Regarde comme c'est beau.
— Tomato ? Tu peux me répondre ?
— Trois versions de toi dans la même pièce, Thomas. C'est un peu ta… Trinité… C'est presque poétique. Tu ne trouves pas ?
— Pas vraiment.
— On a le cabossé inconscient, l'ignorant et l'enfant intérieur que tu as abandonné. Je trouve que ça ne manque pas de saveur.

Tomato se trouve dans mon dos, il avance avec nonchalance vers le lit pour se tenir au chevet de mon corps accidenté. Fraîchement sorti du bloc, le « patient » fait peine à voir. Le gamin caresse la main de la version de moi-même qui se trouve livrée en kit. Ma voix trahie ce que je ne peux plus cacher. Je suis blessé. Dans ma fierté, mais aussi au plus profond de moi.

— Quel enfant intérieur ?
— Ben moi !
— Je n'ai abandonné personne !

— Tu peux continuer à te mentir de ce côté. Mais ça ne te sert à rien.

— Qu'est-ce qui me dit que c'est vrai ? Entre ce que tu dis et ce que tu écris ?

— Ce que tu as lu est la stricte vérité…

— Ce n'est pas moi ! Ce n'est pas ma vie ! Dans ton carnet… Je ne me reconnais pas…

— Bien sûr qu'il s'agit de toi. De tes travers les plus sales. De tes facettes les plus laides. De tout ce qui est moche dans ton quotidien. C'est normal de ne pas vouloir reconnaître la paternité de tes fautes. Mais j'en ai des pages et des pages. Je peux te l'assurer.

Il change de sujet et d'attitude en un claquement de doigt. Comme le font tous les enfants, il est incapable de rester en place. Tomato n'est qu'un gosse insupportable. Gesticulant autour du lit, il se met à tripoter les fils, à jeter un œil sur le cathéter, à faire le tour de mon corps laissé pour mort afin d'aller toucher les boutons des appareils de mesures. Les écrans se mettent à clignoter avant de hurler de plus belle.

— Ne touche à rien ! Touche pas ça !

— Je fais ce que je veux. Et puis… Tu ne risques pas de te réveiller en sursaut.

— C'est drôle. Tu sais que tu es un marrant ?

— T'étais moins coincé quand tu étais vivant.

— Je veux savoir… J'ai lu ta page…

— Tu as aimé ma prose ?

— Pas du tout !

— Je suis déçu, Thomas.

— C'est un tissu de mensonges !

— Tu crois ? Ce texte n'a pas réveillé ta mémoire ?

— Je…

— Sois honnête. Pour une fois, ça va te changer.

— Je me souviens de cette journée. Mais… Mais pas sous cet angle.

— C'est écrit par mes soins. Je ne vois pas la même chose que toi.

— Comment sais-tu pour Olga et Yann ? C'est impossible. Je n'arrive pas à y croire !

— Crois-moi, ça s'est passé sous mes yeux. Il aime beaucoup ton fils…

— C'est… Ce n'est pas possible…

— Faut relativiser… Ça n'est arrivé que deux ou trois fois dans ton dos…

— Non ? Deux ou trois fois ?

— OK… Peut-être un peu plus. Mais tu l'as bien cherché !

— Alors c'est ça que vous faites de l'autre côté ? Vous passez votre temps à compter les points ! Vous notez sur un petit cahier tous les coups bas qu'on s'inflige ?

— C'est un peu plus subtil que ça, mais il y a de l'idée…

— Sérieusement… Je crois que j'aurais préféré y rester.

En réaction à ma dernière phrase, Tomato me lance un regard noir. Une espèce de fureur impénétrable émane de ce gosse, et ça me refroidit. Mais je suis sincère, je pense profondément ce que je viens de dire. Découvrir la laideur de la réalité par petits bouts est une punition que je n'estime pas mériter. Je n'ai aucune envie de courir après mes frasques en réfléchissant à l'enfoiré que j'ai été. Il secoue la tête et s'assoit au bord du lit en sautant légèrement sur le matelas. Ce qui fait tressauter mon corps plongé dans le coma. Les bips redoublent d'intensité, déclenchant un vacarme insupportable.

— Sérieusement Thomas ? Y rester ?

— Quel intérêt… Il n'y a plus rien à faire. Regarde-moi ! Je suis un bout de viande ! Regarde dans quel état je suis !

— « Quel intérêt ? » Le seul intérêt de la vie, mon

grand ! L'heure du Bilan. Il faut que tu puisses poser un regard objectif sur ce que tu es ! Que tu arrêtes de te mentir et de fermer les yeux.

— Je n'ai pas spécialement envie…

— Je comprends, c'est chiant de se faire coincer comme ça ?! Mais de toute manière, tu n'as pas le choix. Tôt ou tard, il faut payer la facture. Et pour toi… C'est maintenant.

— J'imaginais le Jugement Dernier avec un peu plus de classe. Pas avec un gamin qui me donne des leçons de morale.

— Le Jugement Dernier ? Ha ! Ha ! Que tu es con ! Elle est bien bonne celle-là !

— Je ne vois pas ce qui est drôle.

— Tu es loin du compte.

— Alors explique-moi ?

— J'ai l'impression que tu ne trouves pas l'expérience à ton goût ? Tu t'attendais à quoi ?

— Je… Ne sais pas… Je… M'imaginais pouvoir débattre avec Dieu, Jésus ou Saint-Pierre… Ou une connerie dans le genre. Pour défendre mon cas. Pas une introspection avec un gosse qui me prend de haut.

— Tu veux défendre quoi ? Thomas, c'est indéfendable…

— Je suppose…

— Et puis… Croire en Dieu sous cette forme, c'est… C'est… Tiens, c'est un peu comme cette perfusion.

Tomato fait courir son index et son pouce le long du tube qui relie la perfusion à mon bras. Il ne manque pas de le pincer de temps à autre avec un sourire malsain, ce qui m'irrite violemment.

— Ne touche pas !

— C'est bon…

— Dieu et la morphine ? … Je ne vois pas le rapport !

— Thomas… Il n'y a rien. Rien après. Pas de paradis. Pas d'enfer.

— Ah ?

— Quoi ? Tu ne savais pas ?

— Ben… C'est toi qui le dis…

— La spiritualité, la religion… C'est un antidouleur en attendant la fin. Une substance ingérée dans l'espoir de s'absoudre. Une gélule qu'on avale trois fois par jour en espérant un éventuel pardon. Ou un suppositoire, tout dépend de tes préférences.

— Et c'est tout ?

— Tout se passe entre toi et… Toi. Il n'y a pas d'arbitre. Ce qu'on appelle Dieu et toutes ces conneries… C'est toi, Thomas. Juste toi ! Il n'y a rien à l'extérieur, tout se passe ici, à l'intérieur. C'est aussi simple que ça.

— Ça me dépasse. Je suis saoulé pour tout te dire. Je ne suis pas sûr de…

— Pourtant, on vient juste de commencer. Le plus intéressant reste à venir.

— Si tu le dis…

J'ai l'air de tenir bon, je m'efforce de rester détaché… Mais je sens mes jambes flageoler. J'ai chaud, j'ai froid. Dieu, Olga, l'adultère, une perfusion et mon pardon… Assommé par les tirades du gamin, j'ai besoin de me poser. Mes yeux voyagent aux quatre coins de la pièce. Peut-être à la recherche d'un signe. D'un sens à donner à cette discussion. Ou pour repérer la porte de sortie, tout simplement. Une seule chose me vient à l'esprit à ce moment précis : Je pense à Roxane et j'ignore pourquoi.

— Où est la Cible ?

— Elle attend dehors. Je crois qu'elle ne s'en remettra jamais.

Alertée par les multiples sonneries, une infirmière se décide finalement à venir jeter un œil dans la chambre. Elle pénètre dans la pièce en soufflant et en traînant des pieds. Visiblement, s'occuper de mon cas est une corvée. Elle passe à côté de Tomato et pianote machinalement trois ou quatre boutons. Le silence revient. Sur les écrans, tout se stabilise. Après l'accalmie, elle regagne la sortie sans prendre la peine de poser ses yeux sur le lit. Elle est simplement agacée. Ce qui me laisse à penser que mon sort semble définitivement scellé. Je dévisage Tomato. Le gamin semble amusé de la voir partir de la sorte. Le sourire du petit ne m'inspire pas confiance. Il dégaine son maudit Carnet Noir pour reprendre des notes, ça me rend nerveux. Avant de se plonger dans l'écriture, il me lance :

— Hé ouais ! Personne ne va te pleurer mon vieux !
— C'est ce que je vois…

La porte de la chambre reste entrebâillée. J'entends chuchoter et des bruits de pas. Sur le seuil, il y a Olga et mon fils. Juste derrière, j'entrevois ce traître de Yann. Ma femme passe la tête et ne peut soutenir le regard face au lit. Dans ses yeux émeraude, j'y vois de la pitié, du dégoût et des regrets. Maël s'engage timidement. Il avance à petits pas. Avec une prudence touchante.

Mon pauvre garçon se cramponne à sa petite mallette bleue qu'il ne quitte jamais. Abattu par la situation, il s'approche en hésitant. Ses joues rebondies sont luisantes, les larmes sont encore fraîches. Il lance un regard larmoyant vers sa mère, comme pour demander l'autorisation d'avancer vers le lit. J'estime qu'il n'a rien à faire ici. Un enfant n'a pas à subir cette vision d'horreur. Pourtant, Olga ferme les yeux pour acquiescer.

Alors, courageusement, Maël fait un pas de plus. Roulant des billes effarées devant mon état de santé. Ma femme ne rentre pas et préfère se tenir à l'écart. Accompagnée du Traître, elle laisse tomber son épaule contre le montant de la porte. Postée en simple observatrice, Olga semble tellement détachée. Yann lui tient la main discrètement. Je vois des gestes qui ne trompent pas. Et des regards qui en disent long. La chronique du Carnet Noir disait vrai. Cet enfoiré pourrait au moins avoir la décence de lâcher ma femme devant ce qu'il reste de moi. Tomato se permet de souligner :

— Je te l'avais dit ! Je l'ai même écrit…
— Ils sont ensemble ? J'arrive toujours pas à y croire. Et ils le font devant moi !

Maël se poste au bord du lit. Puis il déverrouille le loquet de sa boîte à jouets. Il en sort une feuille de papier Canson maladroitement roulée. C'est un joli dessin. Il a fait de son mieux. J'y vois sa mère, lui, moi et ma moto. Il y a de la couleur, et une inscription. Dans un graphisme encore un peu gauche, je peux y lire :

« Reste à la maison ».

Mon fils dépose le dessin sur la table de chevet, avec la certitude que je vais bientôt pouvoir l'admirer. Maël s'incline vers le lit. Il s'adresse à mon corps avec toute l'innocence du monde. Pour se livrer à voix basse, comme une confession :

— Je sais que tu vas revenir… Reviens papa. J'ai besoin de toi. S'il te plaît…

J'y vois flou. Mes yeux embués de grosses larmes trahissent ma peine. Je suis tellement touché. Je sens que je me crispe de la tête aux pieds, étreint par les griffes du chagrin. Ma gorge se serre et je m'abandonne à des pleurs qu'il m'est difficile de contrôler. Mon gamin craque à son tour. Mais il est bien plus fort que moi à cet instant. Du revers de la main, il essuie ses larmes et se frotte le nez.

Olga laisse échapper un petit son, une légère émotion. Un début de sanglot qu'elle camoufle de sa main plaquée en bas du visage. Elle ne veut rien laisser paraître, mais ses yeux ne trichent pas. Lâchant les doigts de Yann, elle fait un pas vers le lit. Notre fils vient peut-être de recentrer le débat entre elle et moi.

Maël replonge sa main dans le petit coffret et en sort une pièce en bois appartenant à un jeu d'échec. Il dépose le Roi noir sur la table de chevet. De son petit index, il incline la pièce maîtresse pour la coucher sur son dessin. Echec et mat dans mon cœur. Je m'effondre. En me voyant totalement dévasté, Tomato se précipite afin de me soutenir. Pour la première fois depuis que je suis… Nous entrons tous les deux en contact. T.K. glisse sa main dans la mienne pour me réconforter. Il vient de déchirer une nouvelle page de son Carnet Noir. J'appréhende de retrouver un nouveau souvenir douloureux. Cette chronique promet d'être une lecture difficile. Alors que je suis sur le point de poser mon regard sur son papier, il me demande :

— Tu te souviens de ce Roi ? Tu te souviens ?

PÈRE & FILS

Chronique du Carnet Noir - par Tomato Ketchup

Thomas et son fils, il y a 15 jours…

D'interminables allées colorées dans lesquelles ils déambulent. Longeant les rayons et les têtes de gondoles sans grande motivation pour l'un, sans réel intérêt pour l'autre. Nouveautés, licences de superhéros, déguisement et voitures télécommandées : tout un programme qui prend des allures de corvées. Se retrouver au magasin de jouets est pourtant leur rituel. L'un des rares moments passés ensemble. Ils y croisent les autres, ceux qui ont un sourire béat, ceux dont la complicité et l'émerveillement dégoulinent jusque sous les semelles. De l'amour, il y en a partout dans cette enseigne. Mais Maël n'y a pas vraiment droit.

Son père reste le nez collé sur son maudit iPhone. A envoyer des messages, à pianoter, à faire tout et n'importe quoi sans jamais être réellement disponible pour son fils. Le petit est ici pour sélectionner le jouet de son choix. Peu importe le prix. Il n'est pas question d'être raisonnable. Il n'est pas question d'être pratique. Il est seulement question de compromis.

Trouver un jouet. Un foutu jouet, capable de combler le vide sidéral qui sépare Thomas et Maël. C'est ce qu'ils font chaque samedi après-midi. Si pour un enfant normal, cet instant s'avère magique et très excitant… Pour le fils de Thomas, c'est une sorte de rendez-vous hebdomadaire lassant. Le fait qu'il n'y ait pas de limite de budget n'y change rien. Papa achète son manque d'implication à grand renfort de babioles dernier cri aux prix indécents.

Que va-t-il pouvoir choisir, lui qui a déjà tout ? Une nouvelle console de salon ? Il en a trois. Un vélo ? Un de plus ? Non… Un drone peut-être ? Ou alors un trampoline… Quel joujou pourrait compenser l'absence d'un père ? Quel est le jouet qui pourra atténuer sa solitude et effacer le fait qu'il soit une nouvelle fois délaissé cette semaine ? Du haut de ses 8 ans, Maël n'en a aucune idée.

— Papa ?
— 30 secondes…
— Papa !
— Attends…
— Papa ! Tu m'écoutes ?
— Oui ? Quoi ?
— Je ne sais pas quoi choisir. Je crois… Je crois que… Je ne veux rien.
— Rien ? Ce n'est pas possible… C'est le temple du jouet ici… Hey ! T'as vu ça… ?

Thomas pointe du doigt une voiture électrique, une sorte d'énorme buggy qui trône au milieu de l'allée centrale. Une ligne très sport, des jantes chromées et sièges baquets. Tous les enfants qui passent devant l'engin rutilant restent bouche bée. C'est ce que le magasin propose de mieux, un caprice à quatre chiffres. Le rêve de tout gamin de 8 ans. La pièce maîtresse du rayon garçon.

— Mais je ne vais pas rouler tout seul…
— Et pourquoi pas ?
— Et je vais en faire où ? Tu m'emmèneras en faire au parc ?
— Non… Tu sais que je ne vais pas t'emmener au parc… Dans le jardin peut-être ?
— Je vais faire du buggy dans le jardin ? Vraiment ?
— Tu as raison… C'est compliqué… Et bien… Je ne sais pas moi ! Prends ce que tu veux…
— Je veux autre chose.
— Choisis ! On est là pour ça !
— Je veux jouer avec toi…
— Maël… Tu sais bien que ce n'est pas possible…
— Mais papa…
— Bon, tu prends un jouet ! N'importe lequel et on y va ! Je ne vais pas passer mon après-midi ici ! J'ai 3 tonnes de travail.

Maël s'arrête un instant sur cette dernière phrase. Haut comme trois pommes, il dévisage son père qui s'est immédiatement replongé sur l'écran de son téléphone. Le petit le regarde avec instance si bien que Thomas lève enfin la tête :

— Quoi ?
— Tu as 3 tonnes de travail… Mais là, tu es avec moi.
— Oui, justement ! Fais-toi plaisir. J'aimerais qu'on accélère.
— Moi, je ne voulais pas un jouet.
— Ah ? C'est nouveau…
— J'aurai aimé que tu viennes à la compétition.

Touché, dans le mille. Thomas est giflé par l'objection de son fils. Le père soupire. Il sait très bien que le petit a raison. Mais que peut-il répondre à ça ? Son rythme de vie est incompatible avec les attentes du garçon. Thomas est overbooké. Maël ne dit rien, il attend. Une réponse, une phrase, une excuse. N'importe quoi qui puisse expliquer que son père n'est jamais présent. Mais Thomas reste silencieux.

C'est à ce moment précis que le petit jette enfin son dévolu sur une référence du magasin. Dans ses doigts, un coffret qu'il transporte jusqu'à la caisse. Thomas ne prend même pas la peine de considérer le choix de son fils. L'esprit toujours occupé par son smartphone et ses activités connectées, il fait la queue en silence. Au moment de payer, c'est le montant de la note qui le ramène à la réalité. Un prix ridiculement bas. Le père lève la tête puis examine la boîte en question. Le fils affiche un sourire espiègle.

— Maël ? Un jeu d'échec ?
— Tu vas m'apprendre ? Hein papa ?
— Je ne sais pas… Je ne sais plus… Ça fait tellement longtemps…
— On apprendra ensemble !
— Euh… Maël… Écoute…
— Oui ! Ce soir ! Après le film ? Dis oui s'il te plaît…
— À propos de ce soir…

La sonnerie du téléphone de Thomas le sauve momentanément d'une explication délicate. Rester à la maison ce soir n'est pas prévu au programme de son côté. Thomas a quelques dossiers en retard, dont un qui paraît extrêmement brûlant. Il décroche :

— Thomas Garnier, j'écoute.
— *Bébé ?*
— C'est moi, oui.
— *Toujours partant pour ce soir ? Tu ne m'as pas répondu.*
— Je suis avec mon fils là. Je te rappelle au calme.
— *Ne me fais pas languir. Je suis très en forme.*

CELUI QUI SAIT

De retour à l'hôpital, en réanimation

Ça ne pouvait pas se passer comme ça ? Ce n'est pas possible. Ai-je vraiment été ignoble à ce point avec mon fils ? Vu d'ici, j'ai l'air d'un sale type. Plus le temps passe de ce côté, plus mes sentiments deviennent limpides. Si je n'éprouvais rien suite à l'accident, je commence à voyager au milieu d'une palette de sensations nouvelles. Un nuancier composé pour l'instant de regrets sous toutes ses formes. C'est un sentiment amplifié après chaque lecture du Carnet Noir. La vision de tout ce que j'ai raté avec mon fils fait naître en moi l'ombre du repenti. Je regrette. Je regrette de ne rien avoir vu sur le moment. D'avoir gaspillé mon temps auprès de lui. Ce fragment de vérité est tranchant comme du verre. Il vient me taillader l'âme avec toute la fureur qu'impose la lucidité lorsqu'on comprend. Quand on comprend qu'on a salement merdé. Quand on comprend qu'on est passé à côté sur toute la ligne.

— Désolé Thomas… La réalité peut faire mal parfois.

— Maël…

Mon fils. J'aurai dû en profiter et le prendre pour ce qu'il est. À savoir : un rayon de soleil au milieu de mes tempêtes. Comme une bouffée d'oxygène. Au lieu de le considérer comme une simple obligation qui vient se télescoper avec le train de vie d'un homme trop affairé. J'étouffe sous une chape de plomb. Mes plaies sont à vif, je suis blessé. Je trempe dans la culpabilité, je crois que je pourrais m'y noyer. Immergé dans le voile du déni, je n'ouvre les yeux que maintenant. Les remords m'imprègnent jusqu'à la moelle. Les regrets me sautent au visage pour me mordre. Je voudrais revenir en arrière mais je ne peux pas. Il est trop tard. J'éprouve un ressenti nouveau, poisseux et gluant. La tristesse d'un acte manqué dont il est difficile de se défaire tant elle colle aux doigts.

Maël ressort de la chambre, se retournant une dernière fois vers le lit d'hôpital. Le cœur gros de n'avoir pu parler qu'à un bout de viande abîmé. Il fond en larme dans les bras de sa mère. Yann les réconforte sans dire un mot. Il reste silencieux, mais bien présent. C'est peut-être tout ce dont ils avaient besoin lorsque j'étais vivant : un peu de présence. Tout aurait pu être si simple. En prendre conscience est douloureux. Très douloureux.

Olga cajole le petit dévasté. Ignorant s'il y a le moindre espoir me concernant. Ne sachant plus sur quel pied danser. Je lis en elle des sentiments contradictoires. Il y a le détachement d'une femme désabusée, résolue à tourner la page. Une distance à mon égard, mêlée à une sorte de doute. Peut-elle m'aimer à nouveau, sous la menace de me voir partir pour de bon ? Après tout, c'est en perdant les gens qu'on aime que l'on prend conscience de leur véritable valeur.

Je me dis qu'un jour, elle ne gardera de moi, que les bons moments. Elle pourra honorer ma mémoire avec des sentiments positifs. Un jour, elle se dira peut-être que le père de Maël avait des qualités finalement. Un jour, elle s'avouera au fond, qu'elle continue à m'aimer en secret – au moins un peu. M'aimer… Moi, ou le vernis délicatement posé sur ma mémoire… Qu'importe… C'est toujours mieux que rien.

Le nez dans les cheveux du petit, Olga relève la tête un instant et ses yeux emplis de tristesse se chargent d'une colère noire à présent. L'iris focalisé sur le fond du couloir, son visage émacié se tend. Ce qu'elle vient d'apercevoir lui hérisse le poil. La conductrice attend sur une chaise. Les épaules basses, la mine déconfite et coupable. Elle se fait petite en attendant d'en savoir plus et d'avoir l'autorisation de me voir. Roxane est au téléphone et parle à voix basse.

Ma femme se redresse, elle serre les poings. À la vue de la boue, du sang et de mes effets personnels, elle établit la responsabilité de cette paumée clouée sur sa chaise en plastique. Persuadée de l'implication de Roxane, elle veut aller au contact et laisser éclater sa fureur. Olga s'apprête à en découdre, mais un médecin du service la prend à partie.

— Madame Garnier ? J'ai besoin de vous parler en privé.

Ensemble, ils font quelques pas pour s'isoler. Le praticien parle à mots couverts. Olga fulmine encore, elle a du mal à se calmer. Son regard accusateur reste figé en direction de la conductrice alors que le médecin se lance :

— Je me dois de vous expliquer la situation. Je pense que vous n'auriez pas dû emmener votre fils ici, Madame.
— Il a besoin de voir son père.
— Je ne vais pas y aller par quatre chemins… Madame Garnier ? Vous m'écoutez ?
— Pardon. Oui ?

— Votre mari est dans un état de sédation profonde. Une sorte de coma artificiel. Il m'a fallu traiter l'hématome sous-dural. La pression intracrânienne provoque de graves lésions sur le cerveau… Il est…

— Il va s'en sortir ?

Le médecin plante son regard dans les yeux d'Olga tout en prenant l'air grave.

— On peut le maintenir artificiellement en vie. Mais son état est critique. Je ne vous cache pas que je suis pessimiste. Il est peu probable qu'il recouvre un état conscient. Les dommages de son traumatisme crânien sont très sérieux.

— Mais il y a un espoir ?

— Ce que je veux vous dire Madame Garnier, c'est qu'il va certainement falloir songer à signer une décharge. Nous pouvons poursuivre son maintien artificiel, mais l'issue… Est…

— … Oui ?

— Certains de ses organes sont encore en état de fonctionnement, il est possible que Monsieur Garnier puisse sauver la vie d'autres patients… À condition de faire vit…

— Où voulez-vous en venir ? Je… Vous voulez mon accord pour le débrancher ? C'est ça ?

— Madame Garnier…

— Qu'est-ce que… Enfin… Je veux dire… Il ne va pas revenir ? Il n'y a pas une chance que… ?

— Nous avons fait tout ce qui est en notre pouvoir. Je considère les chances de survie de Monsieur Garnier très minces. Donnons-nous quelques heures dans l'attente d'une éventuelle évolution favorable. Mais je dois vous préparer à la suite… Rien ne permet d'affirmer qu'il peut… « revenir » … Je suis désolé.

Ce que j'entends depuis la chambre me glace le sang. Je

suis sur le fil. Au bord du précipice, je comprends que mon heure va sonner. Je suis dans une situation d'urgence, c'est clair. Je me liquéfie, je voudrais éclater en sanglot. Je voudrais hurler ma rage. Je voudrais tout retourner dans la pièce, faire claquer toutes les ampoules et rameuter du monde dans ma chambre pour qu'on puisse me sauver. Je voudrais faire un signe à mon fils. Non. Je voudrais lui présenter mes excuses. À ma femme aussi. Je voudrais dire à Yann que c'est un enfoiré de première, mais que je l'aime quand même. Je voudrais qu'il me promette de veiller sur eux. Et surtout… Surtout, je voudrais qu'on me pardonne. Mais je suis vidé. Vidé de toute envie et de toute énergie. Je reste là, hanté par la peur de la fin. Est-ce comme ça qu'on vit la fatalité de ce côté ? Je n'en sais rien. Perdu au milieu de mes Bermudes dépressives, je sens une force me tracter. C'est Tomato qui me traîne jusque dans le couloir.

— Il faut y aller. On a peu de temps.
— À quoi bon ? Je suis… Foutu.
— Tu as entendu ? Ils vont te débrancher !
— Me débrancher… Je suis presque… Mort…
— Presque…
— Qu'est-ce qu'on fabrique au juste ? Où tu m'emmènes ?
— Fais-moi un peu confiance. Mais il ne faut pas traîner ! Tu l'as entendu.
— Je l'ai entendu… Tout est fini.
— Je te dis de me faire confiance !

Alors que j'avance sans conviction, Tomato me tire difficilement hors de la chambre. Je me laisse traîner comme un zombi sans but ni envie. Face à mon fatalisme, T.K. s'arrête une seconde. Il souffle exaspéré :

— Regarde mon poignet !

Le gamin retourne son avant-bras pour le coller sous

mon nez. Je suis stupéfait. Le môme a un tatouage. Au même endroit que le mien. Je découvre un « S ».

— « S » pour Celui qui Sait.

Ce gamin étrange en connaît bien plus sur ma vie que n'importe qui. Il est Celui qui Sait. Il sait tout, mais ne dit rien ou presque. J'ai l'impression d'avancer dans les ténèbres à la lueur d'une bougie. Je ne vois qu'une toute partie d'un ensemble bien plus vaste. La part qu'il veut bien me montrer. Tomato me dévoile uniquement ce qu'il a prévu de me faire découvrir. Je l'interprète comme un petit jeu malsain dont j'ignore toutes les règles.

— Si tu sais tout… Pourquoi on perd du temps avec tes énigmes pourries ? Donne-moi les grandes lignes, fais-moi gagner du temps. Qu'on en finisse !
— …
— Tomato ? T.K. ?

Il ne répond pas. Tomato reste immobile, les mains le long du corps. Ses lèvres se gercent instantanément. Sa peau devient blanche et marbrée. Son teint vire au gris. Le gamin convulse de manière inquiétante. Les bras ballants, il gesticule comme possédé dans une transe à donner la chair de poule. Ses yeux se révulsent, ses tremblements sont de plus en plus marqués. Il répète en boucle la même phrase :

— Où est Charles ?
— Hein ? Quoi ?
— Où est Charles ? Où est Charles ? Où est Charles ? OU EST CHARLES ?
— Tomato ? Qu'est-ce qu'il t'arrive ? Tomato !

Mes mains placées sur ses épaules pour contenir ses mouvements, je l'observe cligner des yeux à la vitesse de la lumière. Les néons du couloir se mettent à clignoter. Puis à s'éteindre quelques secondes. Le temps se fige une nouvelle fois. Tomato respire de plus en plus fort. Pris de spasmes violents, il se crispe de la tête au pied. Son corps se voûte. J'essaie de le faire revenir à lui. Il penche sa tête en arrière, il se tord face à moi. Puis il revient à lui en se redressant. Ses yeux me transpercent. La transe s'arrête. Parfaitement immobile, il me pose à nouveau cette question cruciale qui va me plonger dans une vision. Tomato articule lentement :

— Où-est-Charles ?

L'EMBAUCHE

Une vision de Tomato Ketchup

Il y a quelques mois…

Garé à la hâte, il jette un regard tendu sur sa montre. Son épaisse langue passe sur une dentition nacrée, puis ses lèvres charnues se pincent. Il est temps. Un coup d'œil dans le rétroviseur central pour s'examiner une dernière fois. Il est impeccable. Sa peau chocolat est parfaite, reposée et détendue. Il est frais. Il est irréprochable. Dans son costume anthracite bien taillé, sa chemise mauve cintrée avec sa cravate unie, le jeune homme présente bien. Charles est prêt. Mais Charles est stressé. Dans sa boîte à gant, une Granny-Smith qu'il saisit à la hâte. Il frotte le fruit, abandonne sa berline et quitte le parking à pied. La pomme est croquée à pleine dent, terminée en quelques secondes. Démarche volontaire, sa petite mallette tenue fermement, il se sauve en direction du hall principal. Quelques fumeurs s'entassent devant la porte d'entrée. Charles se faufile tout en demandant :

— Excusez-moi ? Je cherche le cabinet Garnier I.E. Consulting.

— 17e étage. Les ascenseurs sont derrière vous. Bonne journée.

Les portes se referment. Il presse le bouton, en route pour le 17e. Il respire à fond. Il doit faire le vide. Pour rester focalisé sur son objectif : garder son calme et faire bonne impression. Derniers mètres avant la rencontre. Le long du couloir, Charles contemple les bureaux et la décoration presque clinique. Ici tout est blanc, épuré, strictement fonctionnel et parfaitement neutre. Impossible de se tromper. Garnier I.E. Consulting, c'est écrit en gros. Les murs le revendiquent. La secrétaire de Monsieur Garnier l'accueille. Cette petite brune qui ne manque ni d'assurance, ni de piment, l'installe dans la salle d'attente. Proposant un rafraîchissement avant de prendre sa veste, histoire de faire patienter le visiteur.

Les minutes défilent, et Charles se recentre sur son unique objectif. Bien décidé à ne pas se laisser impressionner par les locaux, l'ambiance ou encore les rumeurs à propos de l'homme qu'il doit rencontrer. On le dit infect, exigeant, pressé et odieux. Mais ça ne l'effraie pas. Dans les couloirs, il y a une agitation organisée mêlée à un dynamisme structuré. On se transmet les dossiers. On échange brièvement avant de repartir à la tâche. Pas de perte de temps. Pas de gaspillage. La mécanique est huilée. Il contemple la porte au fond du couloir. Celle du bureau du Boss. Charles n'est ici que pour une seule chose : décrocher le job.

Thomas déboule enfin. Mais sa réputation le précède. Lorsqu'il est à la vue de toute l'équipe, chacun se donne à 200 %. Dans les couloirs, les discussions cessent sur son passage. La tension monte d'un cran, tout le monde est au garde à vous. Monsieur Garnier exige le maximum de chaque collaborateur. Excité comme une pile électrique, le boss remonte le corridor. Pendu au téléphone, le patron interrompt sa conversation pour aboyer quelques instructions aux analystes qu'ils croisent sur sa route. Il n'a pas le temps. Il est pressé. Très pressé. Dans son tourbillon nerveux, il s'arrête un instant devant Charles tranquillement installé dans son fauteuil.

— Charles c'est bien ça ?
— Oui, bonjour Monsieur Garnier, merci de me recevoir.
— Venez, suivez-moi. J'ai très peu de temps. Un café ?
— Non merci sans façon. Je tourne aux fruits.
— Aux fruits ?

Tous deux s'installent sans tarder dans le bureau de Thomas. Celui-ci avale un nouvel expresso d'une traite, c'est peut-être le 8e depuis ce matin. Avant que l'entretien ne débute réellement, Charles découvre ce qui compose l'espace de travail du fondateur de Garnier I.E. Consulting. Une bibliothèque design, un imposant cadre photo mettant en scène Thomas en pleine manœuvre sur son bateau. Un écran géant plaqué au mur. Tout est très contemporain. Le sol, les murs, le mobilier. Même l'informatique est au top. Les serveurs sont stockés dans des baies juste derrière lui. Il fait froid, on a forcé sur la clim. Charles extirpe de sa mallette, les documents nécessaires à l'entretien. La tasse de café est vide, Thomas débute l'entrevue sans détour :

— Bien Charles… Donc j'ai retenu votre dossier après avoir considéré votre parcours avec beaucoup d'attention.
— Merci, Monsieur, c'est un honneur pour moi de…
— Rien n'est fait. Allons droit au but.
— Oui, Monsieur.
— Vous avez un profil plutôt orienté stratégie

économique.

— En effet, la stratégie fait partie de mes dernières responsabilités chez Stradford & Ernst.

— Justement, j'allais y venir. C'est ce qui me dérange un peu.

— Ah ? Je suis étonné.

— Il me faut des aptitudes plus polyvalentes. J'ai vu vos références. Votre niveau en informatique est impressionnant. Pour être franc… C'est pour cette raison que vous êtes ici.

— Merci Monsieur. Je pense que l'intelligence économique doit pouvoir compter sur le digital.

— Tout à fait. Même si chez nous, la vision du métier est plus… « Terrain ».

— C'est-à-dire ?

— Le cabinet fonctionne dans la plus grande discrétion autour d'un réseau d'informateurs. Nos clients ont besoin d'obtenir des éléments fiables en temps réels. Des données hautement confidentielles afin de prendre les meilleures décisions… Jusqu'ici je ne vous apprends rien. Je recherche un individu davantage « Guerre économique ». C'est le seul point noir de votre dossier Charles.

— Je peux être l'homme de la situation.

— Vous pensez ? Je parle de renseignements. De collecter des données vitales. Généralement en se rendant sur place, en jouant des coudes, en rusant. Ou dans votre cas, en vous les procurant éventuellement à distance… Mais pas seulement.

— J'en suis persuadé. Et mes compétences en informatique peuvent être un plus. Je ne suis pas un hacker de haut vol, mais j'ai quelques ficelles.

— Vous connaissez la réputation du cabinet ainsi que la mienne ?

— Oui Monsieur. L'idée de travailler pour vous est une grande motivation.

— Vous savez qu'au moindre faux pas, vous sautez. Et vous devez garder en tête que tout n'est pas facile ici.

Pas d'heures, pas de repos, pas de scrupule.

— J'en ai parfaitement conscience Monsieur.

— Je me permets d'insister Charles, pour que tout soit clair. Je parle de méthodes peu conventionnelles. Pour moi, seuls les résultats comptent.

— C'est en effet, très différent de mon expérience chez Stradford & Ernst.

— À ce propos… Comment résumeriez-vous l'approche terrain de vos anciens employeurs ?

— Je dirais que… Vos clients respectifs sont de féroces concurrents. Et que dévoiler la moindre information sur le sujet serait une énorme erreur de ma part.

— Bien… Mais encore ? Avez-vous entendu parler d'Aeroteck 2 ?

— J'imagine que transmettre des éléments à propos de ce projet serait mettre le feu aux poudres sur un marché très tendu. Il y a conflit d'intérêts. Et cela mettrait fin à ma carrière dans le secteur. Chez vous, comme dans n'importe quelle autre société. J'ose espérer que ce n'est pas l'unique raison de ma présence…

— Charles… Soyons sérieux !

— Je préfère que les choses soient claires, Monsieur.

— Vous avez toujours des relations avec le… Bénin ?

— Ma famille, et le cadre privé. Aucune activité professionnelle sur place. Aucun lien politique ne m'y rattache à présent.

— Bien. Je crois que j'ai fait le tour.

Thomas referme le dossier avant de se remettre au travail. Charles reste médusé, il ne s'attendait pas à ça.

— C'est tout ?

— Je ne vous retiens pas.

— Mais ? Monsieur…

— Au revoir Charles. J'ai rendez-vous à l'extérieur, je suis affreusement en retard.

Suite à un regard appuyé de Thomas, Charles s'exécute. Les épaules basses, le candidat quitte le bureau sans le moindre espoir. Recalé, purement et simplement. Comment pouvait-il se préparer à un entretien aussi expéditif ? Charles demande à récupérer sa veste auprès de la secrétaire de Monsieur Garnier. Celle-ci s'en occupe immédiatement. Le jeune cadre se voyait déjà briller entre ces murs, visiblement cette entreprise ne le désire pas. Un appel contraint la secrétaire à répondre. Elle est coupée dans son élan, rebroussant chemin sur le champ pour décrocher. La jeune femme acquiesce, elle prend note puis informe Charles :

— Bienvenue à bord ! Monsieur Garnier vient de me le confirmer.

— Ah ? Mais ? …

— Vous débutez maintenant, je vais vous montrer votre bureau et faire préparer votre poste de travail.

SELFIE

De retour dans les couloirs de l'hôpital

Charles… Charles. Charles. Je me souviens. Mon assistant. Celui que j'ai engagé afin de pouvoir me libérer du temps. Je me rappelle un entretien prometteur et des effluves de pommes. Les images de mon bureau me reviennent. Comme les appels qui retentissent en permanence, les rendez-vous que j'enchaîne et des contrats à 6 chiffres. Oui, j'ai des flashs de ma vie d'avant. Mais quel est le lien avec mon état actuel ? Quel rôle a-t-il joué dans mon accident ? Je reviens à moi fébrile au milieu du couloir. Tomato se tient toujours debout face à moi. Il semble être revenu à lui. J'ai besoin de savoir :

— Pourquoi ? Pourquoi Charles ?

Le gamin hausse les épaules en levant les yeux au ciel. Se dégage de son attitude une sorte d'innocence qui me laisse dans le flou le plus complet. À moins que les choses soient suffisamment évidentes pour ne pas avoir à les expliquer ? Il se retourne en direction du fond du couloir. Roxane est en larme. Visiblement exténuée. Les yeux toujours rivés sur mon téléphone. Le médecin vient de répondre à ses questions. Non, elle ne peut pas en savoir plus. Non, sa présence n'est pas tolérée dans le service. Le toubib vient de demander à l'examiner. Alerté par son teint blafard et son état général, il ne veut pas la laisser quitter l'enceinte de l'hôpital comme ça. Roxane refuse, elle doit partir. Ni une, ni deux, elle se met en tête de prendre la fuite. Tomato pointe ma Cible du doigt :

— Elle s'en va. Tu dois la suivre.

— Mais quel est le lien avec Charles ? Et avec mon état ?

— Tout a un lien. Quand vas-tu comprendre que tout est lié ?

— Explique-moi, parce que je nage en plein brouillard.

— Une chose à la fois, si tu veux bien. Ta Cible se barre. On y va !

Roxane quitte difficilement sa chaise et file en douce sans se retourner. Espérant ne pas déclencher un esclandre avec Olga qui rêve de lui casser la figure. Je me mets en mouvement, laissant derrière moi la chambre d'hôpital, ma femme, mon fils et ce traître de Yann. La conductrice marche maintenant d'un pas décidé vers les ascenseurs. Elle a le nez dans mon iPhone. Tapotant inlassablement sur la dalle brisée. Celui-ci clignote et vibre en permanence. J'ignore ce qu'elle fabrique, mais je n'aime pas la savoir fouiller dans mon 6 [s]. Tomato se met à courir, j'accélère à mon tour. Je me glisse entre les portes de l'ascenseur juste avant qu'elles ne se referment. Nous nous retrouvons tous les trois à l'intérieur.

Je devine la chair de poule galoper sur les bras de Roxane. La Cible est à bout de force. La pauvre se tient le ventre, elle n'a rien mangé depuis l'accident. Elle semble frigorifiée tout à coup. Elle se frotte les bras pour tenter de se réchauffer mais rien n'y fait. La conductrice regarde dans ma direction, comme gênée par un courant d'air. Tout en fixant le cadran sur lequel les étages défilent, Tomato m'avertit :

— Tu es trop près. Elle sent ta présence.

Surpris, je recule un peu pour me placer dans un coin de la cage d'ascenseur. Elle est capable de me sentir lorsque je suis à proximité ? Effectivement, ça fonctionne. La Cible semble se détendre à nouveau. T.K. arrache lentement une nouvelle page de son carnet, mais il ne me la remet pas. Ce qui m'arrange pour être tout à fait franc. Je ne suis pas particulièrement excité à l'idée de lire une nouvelle chronique qui retrace mes sales erreurs. J'entends encore vibrer mon iPhone étouffé par mes effets personnels. Roxane bloque sur l'Apple abîmé et ça m'inquiète sans réellement savoir pourquoi. Un mauvais pressentiment sans doute.

Nous arrivons au rez-de-chaussée. Les portes s'ouvrent, elle s'élance dans l'immense volume froid et impersonnel qui la sépare de la sortie. Inutile d'être un génie pour constater qu'elle veut détaler d'ici le plus vite possible. Les vibrations du téléphone sont incessantes alors que Roxane remonte le hall principal du CHU encore très fréquenté. À l'air libre, elle s'allume une cigarette et contemple le téléphone dans sa main. Doit-elle décrocher ? Qui est-elle pour le faire ? Que pourrait-elle bien répondre ? L'appareil vibre encore et encore. Je me poste par-dessus son épaule pour voir ce qu'elle fabrique.

« Appel entrant : A. »

La Cible jette un regard inquiet par-dessus son épaule. Elle souhaite s'assurer que ma femme n'est pas à sa poursuite pour lui refaire le portrait. La voie est libre, personne n'est à ses trousses. En se rendant en direction de l'arrêt de bus le plus proche, Roxane prend la décision de décrocher. Elle se racle la gorge et sèche ses larmes, le 58 arrive à l'instant. Elle monte à bord en portant l'appareil à l'oreille. Mais il est trop tard. L'iPhone émet un nouveau son. La notification pour un message reçu :

« Tu fais le mort ? OK. Tu l'auras cherché. »

Roxane s'installe sur un strapontin et s'affale à bout de force contre la vitre du bus. Elle se fait toute petite. Si discrète qu'elle pourrait disparaître. Elle se fond dans le décor sans peine, son teint est terne comme ce qui l'entoure. Au milieu des anonymes, je reste debout à côté de Tomato. La main de la jeune femme glisse à travers les poches de mon blouson, elle subtilise mon portefeuille avant de rouler en boule mes affaires pour les abandonner par terre sous son siège. Elle se replonge dans l'exploration de mon smartphone. Fouinant dans mes conversations sur messagerie instantanée.

T.K. agite ma prochaine lecture juste sous mon nez. Le moment de me replonger dans le passé est arrivé. Et je ne suis pas pressé de découvrir ce que cette nouvelle chronique me réserve. La Cible navigue de répertoire en répertoire et s'arrête longuement sur une photo. Un cliché plutôt compromettant. C'est une image envoyée depuis une discussion privée. J'y vois une jeune femme brune en petite tenue. Un selfie aguichant d'une tentatrice aux atouts certains, dévoilant une part de ses charmes. Un message accompagne l'image. Avant de poser mes yeux sur le texte de Tomato, mon regard s'arrête sur l'écran. Je suis obnubilé par la phrase sans équivoque affichée sous la photo :

« J'espère que tu as beaucoup de travail ce soir. Alice :) »

A.
Chronique du Carnet Noir - par Tomato Ketchup

Lorsque Alice est arrivée…

C'est un lundi matin comme les autres au sein du cabinet. Tout le monde s'affaire avant l'arrivée du boss. Réunion préparatoire pour débuter la matinée. Les premiers gobelets de café sont vidés. Les dents grincent, les cravates sont serrées et l'équipe s'agite avant le rush. Monsieur Garnier aime que tout soit parfait. La salle de conférences est préparée. Le vidéoprojecteur en place, les expressos attendent d'être servis. On a pris soin de déposer des petites bouteilles d'eau minérale à chaque table. Ainsi que de l'eau pétillante comme l'exige Thomas.

Charles est anxieux. La présentation qu'il doit donner ressemble à s'y méprendre à un baptême du feu. Il révise chaque point de sa démonstration, apporte une ultime correction à sa petite allocution tout en dévorant les derniers quartiers d'une orange juteuse. Il veut impressionner, et que tout se déroule pour le mieux. Il est hors de question de se rater. Son Boss lui a bien fait sentir qu'il n'était pas vraiment au niveau depuis son arrivée. Ce débrief, c'est l'occasion pour Charles de montrer qu'il peut être à la hauteur des exigences impérieuses de son supérieur. Tout le monde est sur le pied de guerre.

Thomas débarque, exécrable mais déterminé. Des valises sous les yeux, il a passé une nuit blanche. Il s'engouffre dans son bureau sans prendre la peine de saluer qui que ce soit. La porte au fond du couloir claque. Un bruit sec qui annonce la couleur : Monsieur Garnier est là. Le grand patron précède de quelques minutes la cliente. La tension est à son comble. Il dispose de très peu de temps pour se préparer. Il avale un café, puis un autre dans la foulée. Une fine ligne de poudre s'offre à lui sur le coin du bureau. Il en a plein le nez, il peut attaquer.

Elle va débarquer, c'est imminent. Elle, c'est Alice Ramos. Consultante mandatée par son plus gros client pour un audit. Alice fait appel à la société de Thomas pour structurer plusieurs investissements dans le cadre du projet Aeroteck 2. En clair, c'est un gros poisson, une machine à faire entrer du cash dans le cabinet. Ancienne Directrice Administrative et Financière d'un des plus grands constructeurs aéronautiques et défense, elle est une proie idéale. Et il le sait. Thomas n'a pas fermé l'œil de la nuit afin de préparer comme il se doit ce rendez-vous immanquable. Perfectionniste, il ne néglige aucun détail, surtout pas pour un client au budget illimité. C'est une opportunité qu'il ne compte pas rater, quitte à rester éveillé les prochaines semaines. Les mails sont relevés, les rendez-vous sont calés, Thomas retrouve son rythme de croisière. De légères palpitations le stimulent, il a l'œil vif. Globalement surexcité. Comme tous les lundis. Tout est absolument parfait.

Mademoiselle Ramos se présente à l'accueil avant d'être escortée jusqu'au bureau de Thomas. En l'apercevant pénétrer dans son antre, deux choses apparaissent clairement au fondateur de Garnier I.E. Consulting. Primo, ce dossier promet d'être des plus agréables. C'est toujours plaisant de collaborer avec une brune incendiaire. En savourant le sourire d'Alice, il a le sentiment que leur coopération ne peut être qu'étroite et que cette mission sera une simple formalité. Secundo, cette femme pétillante dispose d'atouts indéniables qui aiguisent ses instincts primaires. Il n'avait entendu que sa voix, mais force est de constater qu'elle a une plastique latine qui flatte l'œil. Un brin d'exotisme. Une peau dorée, de longs cheveux bruns, soyeux et brillants. Les yeux noirs et malicieux de sa cliente sont une invitation à des réunions sans fins. Pour son plus grand plaisir, l'appétit de Thomas se réveille. Il y a une sorte de tension qui s'installe dans la pièce. Quelques regards s'échangent, il y voit l'expression d'une attirance charnelle. Qu'est-ce qui lui permet de penser que cette femme est disponible ? Il n'en sait rien. Une conviction hormonale, ni plus, ni moins. La discussion débute par une poignée de main franche et dynamique :

— Bonjour Monsieur Garnier. Alice Ramos. Enchantée.

— Alice ! Ravi de vous recevoir. Installez-vous. Voulez-vous un café, un jus d'orange, de l'eau ?

— Rien merci. Nous avons beaucoup à voir ensemble Monsieur Garnier.

— Je propose de faire un point en aparté avant d'entamer la réunion. Tout est en place de notre côté.

— C'est parfait. Exactement ce que j'attends de vous.

Elle décoche un sourire étincelant. Très sûre d'elle, Alice dégaine son cahier des charges et ses requêtes administratives. Le tout est déposé lourdement sur le bureau de Thomas.

— J'aimerais vérifier les différents éléments de

votre prestation. Mais avant, mon client contraint notre relation à une clause de confidentialité.

— Bien entendu. Sans discrétion, je ne pourrai pas fonctionner.

— C'est une simple formalité. Mais je préfère un engagement ferme dans un cadre légal.

— C'est tout naturel. Le dossier est… Sensible.

— Il l'est effectivement. À quelle heure souhaitez-vous commencer la réunion ?

— Toute l'équipe est prête. C'est quand vous voulez.

— Peut-être pouvons-nous entamer le briefing dans un premier temps ?

— Comme vous voudrez. J'aurai aimé vous détailler l'ensemble des services proposés ainsi que mon angle d'attaque… Mais si vous souhaitez démarrer par la présentation…

— Commençons par la réunion et le cahier des charges si vous le voulez bien. Nous verrons ensemble les modalités et l'étendue de votre offre par la suite ?

— Très bien. En revanche, je dois déjeuner à l'extérieur… Je… Je crains que…

— Je vous suggère d'annuler, Thomas.

— Vous souhaitez que l'on déjeune ensemble ? Je réserve une table ?

— Vous et moi savons que nous allons devoir passer beaucoup de temps ensemble…

Alors qu'il accompagne Mademoiselle Ramos dans la salle de réunion principale, Thomas revient dans son bureau un instant pour téléphoner. La suggestion de sa cliente est en réalité bien plus que ça. C'est une évidence, un appel du pied qu'il ne compte pas manquer.

— Oui, c'est moi.

— *Thomas ? Quelque chose ne va pas ?*

— Je dois annuler notre petit repas ce midi.

— *Oh… Thomas… Non ? Vraiment ?*

— Mon gros dossier débute sur les chapeaux de roues. Je rentre en réunion… Je pense que nous allons en discuter au restaurant par la suite. Je ne peux pas lâcher en cours de route. C'est un gros poisson.

— *Bon… Eh bien, débrouille-toi pour attraper ce gros poisson et vite revenir à la maison.*

— Compte sur moi…

— *Je t'aime.*

— Moi aussi.

REPLONGER

De retour sur les traces de ma Cible

J'en sais un peu plus sur cette Alice. Pas assez pour expliquer la présence de sa photo en petite tenue dans mon iPhone. Même si j'ai une vague idée de la tournure qu'ont prise les choses par la suite. Ma lecture terminée, je suis toujours sur les traces de Roxane. Elle vient de descendre du bus. Suivre la Cible me conduit dans son repaire. Dans un coin sale et pourri à quelques kilomètres de la ville. Nous sommes face à une villa délabrée aux murs largement fissurés dont le crépi se détache avec le temps. Un petit pavillon sans prétention qui trône au milieu d'un jardin en friche. Si l'extérieur laisse à désirer, à l'intérieur est un clapier. Le salon accueille des tas de vêtements pas encore lavés. Des paquets de chips éventrés, des cadavres de bouteilles de bière sur la table basse. L'odeur du tabac est omniprésente. Une puanteur qui s'explique par les cendriers de fortune qui dégueulent de filtres. Ça pue la cigarette, ça pue l'alcool, la cacahuète, la poussière et le négligé. Roxane est une crado, Roxane est un cas social. C'est inscrit sur les tapisseries jaunies à moitié déchirées, sur le lino miteux et sur les auréoles des canapés.

Dans la cuisine, un alignement de bouteilles vides en dit long sur l'état hépatique des occupants. De la vaisselle sale attend un coup d'éponge qui ne viendra jamais. Assise à table, elle fume clope sur clope. Elle est plongée dans ses pensées. Toujours une main posée sur l'abdomen, Roxane a mal. Roxane ressasse ce qu'il s'est produit la nuit de l'accident. Elle est rongée par la culpabilité. Sa tenue d'agent d'entretien est jetée sur le dossier d'une des chaises. Faire le ménage est son métier, pas sa passion. Elle astique toute la journée pour payer ses factures. Elle n'a aucune intention de ramener du travail à la maison visiblement.

Le temps passe. La Cible attend l'heure. Elle glisse ses doigts dans son épaisse tignasse crasseuse. Les phalanges évoluent dans un blond vénitien, pas tout à fait roux et trop terne pour être blond. Je reste dubitatif sur ses racines de 15 cm. La cigarette qu'elle vient de déposer au bord du cendrier diffuse sa fine fumée. Roxane en profite pour caresser la base de son cou. Elle pose les doigts sur son collier si précieux. La preuve de tous ses efforts. Ce fameux pendentif avec un cercle qui entoure un triangle, sur l'échelle de la vie… C'est sa médaille d'or. Les alcooliques anonymes lui ont permis de briser les chaînes de l'addiction. Du moins, jusqu'à maintenant. Elle fait rouler le bijou entre ses doigts en repensant à tout ça. À tous ses sacrifices pour y arriver, à toute la violence de l'accident. Hantée par les images de mon corps inerte, par les cris de la tôle qui se déchire, par le fracas du carton. Elle est fragile. Elle est brisée.

Face à elle, il y a cette bouteille. Cette vodka qui la met au défi. Droite et fière, comme pour mieux la toiser. Silencieuse et immobile, l'invitant à baisser les armes. Sa main sur le verre, elle saisit l'objet de la tentation. Roxane caresse la surface. Elle regarde attentivement le contenu. Elle apprécie la transparence. Songeant à tout ce qu'elle peut oublier en se sifflant la totalité, ou seulement la moitié. Elle envisage les premières secondes libératoires. Puis elle imagine le feu qui apaise, jubilatoire. Replonger, c'est toucher à nouveau cet abandon. C'est épouser ce relâchement familier pour mieux sortir de la réalité. Mais que se passera-t-il les heures suivantes ? Et le jour d'après ? Elle soupire, fébrile et hésitante. En est-elle capable ? Est-ce qu'elle peut résister ? Elle détend et resserre ses doigts plusieurs fois en se tordant sur sa chaise. Tiraillée par le manque et l'envie. Cette bouteille est une épreuve. Cette bouteille est un retour aux sources et à ce qu'elle est : une alcoolique qui n'a plus la force de se tenir à carreau. Puis elle retire le bouchon. La tentation est grande.

Tomato s'est installé dans le canapé miteux avec un flegme qui frise le mépris. Cette femme est sur le point de rechuter, et T.K. s'en contrefiche. J'ai beau me demander ce qu'on fabrique ici, je ne comprends pas réellement ma présence. Elle est ma Cible. Elle était au volant. Inutile d'être un génie pour établir le lien entre elle et moi. Oui, mais voilà : qu'est-ce que je dois faire ? T.K. ouvre son carnet noir pour y griffonner quelques lignes. Et moi je contemple la conductrice en proie à ses démons.

D'un geste, elle repousse la vodka au centre de la table. Se créant instantanément un manque difficile à gérer. Elle se passe la langue sur ses lèvres gercées. Elle se gratte les cheveux. Puis soupire, résignée. Le goulot porté au bord des lèvres, elle hume le berceau de son ivresse. Elle se sait faible. La bouche entrouverte, elle s'apprête à le faire. Ce qu'elle vient de traverser est trop dur. La culpabilité a ceci de magnifique ; elle ouvre la porte à toute sorte de dérives qui visent à la calmer. Craquer ne sera qu'une formalité.

L'alarme se met à sonner. Roxane sursaute, en interprétant cette manifestation comme un signe. Un signe qui lui dit « pas maintenant ». Il est l'heure d'aller travailler.

Elle rebouche la vodka en se disant qu'elle se passerait bien de cette journée de boulot merdique. Elle devrait se reposer, elle le mérite. Mais pour faire quoi ? Attendre que Franck sorte de dégrisement et se saoule sous ses yeux ? Se repasser en boucle les images douloureuses de l'accident en errant dans ce taudis ? Peut-elle vraiment se passer d'une journée de salaire ? S'occuper l'esprit lui permettra peut-être de tuer le temps. Puisque définitivement, il lui faudra du temps avant de tourner la page.

Avant de partir, elle rallume une nouvelle blonde, puis saisi la bouteille de vodka. La décision est prise. Elle glisse l'objet du désir dans son sac. En cas de coup dur, elle l'aura sous la main. La porte claque, sa journée de travail débute. Quelle tristesse, elle n'aura même pas eu une seconde à elle. Je m'en remets à Celui qui Sait pour qu'il m'indique ce que je dois faire. La suivre ? Fouiner ici à la recherche de réponse ?

— Tu vas lui coller au train. Tu ne peux rien faire d'autre.
— Qu'est-ce qu'on attend, alors ?
— Que je finisse.

Tomato termine enfin de rédiger sa nouvelle chronique sur mes actes passés. Alors, il fait quelque chose que je redoute atrocement : il arrache la feuille de son carnet. Un geste qui va me plonger encore dans ma mémoire et les recoins détestables de mon existence.

— Lis ça. Tu l'as viré. Il n'a pas aimé.

AVEC PERTES ET FRACAS

Chronique du Carnet Noir – par Tomato Ketchup

Il y a deux semaines…

La salle de réunion numéro deux est pleine. L'ambiance est studieuse. Rivés sur chaque chaise, les membres du Cabinet Garnier sont mobilisés. Il y a l'équipe au complet, on joue gros ce matin. Thomas est présent. Très concentré. Accompagné de Mademoiselle Ramos qui prend des notes sans trahir la moindre émotion. Dans le cadre du dossier Aeroteck 2, Charles est en pleine présentation. Une démonstration de force de son talent d'analyse et de sa capacité à structurer les données.

Les animations sont projetées à l'écran, parfaitement synchronisées. Les graphiques s'animent. Les pourcentages apparaissent et les concepts clés défilent. Des informations très pointues, des révélations pour initiés. Dans un discours parfaitement huilé, le jeune loup fait preuve d'une grande assurance.

Jusqu'à ce que la cliente se penche du côté de Thomas pour lui chuchoter quelques phrases en pointant discrètement du doigt les éléments projetés à l'écran.

Thomas se renfrogne. Il se décompose. Son visage se fige. Il scrute les données avant d'interrompre la réunion.

— Charles ? Le dernier bilan analytique se base sur les injections en capitaux de la société STO Regulate ?
— Tout à fait Monsieur, d'après nos sources, sur un plan à court terme, 6, 12 et 24 mois.

Il s'écoule plusieurs secondes sans que personne ne parle. Pris de stress, Charles saisit la Granny-Smith brillante déposée sur le coin du bureau. Il est sur le point de la porter à sa bouche lorsque Thomas tape du poing sur la table. Puis il bondit de sa chaise, hors de lui. Tout le monde sursaute, pris de panique.

— Mais nom de Dieu ! C'est stupide !
— Excusez-moi ?
— Posez cette pomme !
— Pardon Monsieur, je…
— Dans mon bureau. Immédiatement.

L'assistance chuchote, il y a du mouvement dans la salle. La réunion est suspendue. Le jeune cadre entre dans l'antichambre du blâme, au fond du couloir. Thomas est à l'intérieur, il est furieux mais s'efforce de ne pas le montrer. Assis sur son fauteuil en fixant silencieusement la ville qui s'étend derrière les fenêtres. Charles pressent ce qui est sur le point d'arriver. Il va se faire briser par Thomas en passant sous ses fourches caudines.

— Monsieur Garnier ? Ecoutez… Je suis… Confus… Je ne comprends pas…
— Charles… STO Regulate ne nous suit plus depuis 6 mois…
— Comment est-ce… ? Je…
— On passe pour des rigolos ! STO Regulate n'injectera pas un centime !

— Pardon, je l'ignorais.

— Tu l'ignorais ? Mais putain, c'est ton métier de ne rien ignorer !

— J'ai obtenu l'info de Tim Schulberg que j'ai rencontré à Lausanne la semaine dernière.

— Tim ? Tu as rencontré Tim ?

— Oui, il m'a confié les données dont il disposait autour de la prise au capital pour les filiales d'Aeroteck2. J'ai dû le soudoyer.

— Tu as payé Tim ? En plus ? Tu n'as pas consulté notre centre de données concernant nos sources et leurs statuts ?

— …

— Réponds. Charles, réponds.

— Non Monsieur…

— C'est une erreur lamentable. Je t'avais dit que je ne te passerai aucun faux pas.

— Je sais Monsieur…

— Ils ont retourné Tim. Il n'est pas fiable. Et tu as tout foiré.

— Monsieur ?

— Schulberg n'est pas de notre côté espèce d'abruti. On le garde sous le coude pour mieux le surveiller. Si tu avais bien fait ton putain de boulot tu le saurais !… Au lieu de bouffer des pommes… Tiens-toi au jus !

— Je… Je suis désolé… Le rythme de travail est très soutenu, j'ai eu du mal à faire face.

— « Le rythme de travail est très soutenu » mais tu t'attendais à quoi ?

— Je…

— Tu pensais vraiment que j'allais te payer pour que tu te la coules douce comme chez ces planqués de Stradford & Ernst ?

— Je vais me rattraper Monsieur

— Écoute, ce que tu vas faire…

— Oui ?

— Tu vas me foutre le camp d'ici.

— Monsieur, je…

— Tu es fini Charles. Depuis que je t'ai engagé, j'ai passé mon temps à te surveiller comme le lait sur le feu. Et là tu viens de te planter en beauté.

— Monsieur…

— La seule fois où je te fais confiance et que je ne vérifie pas ce que tu fais tu nous fais passer pour des amateurs !

— Vous ne pouvez pas me…

— Je vais me gêner ! Je fais ce que je veux. Et j'ajoute que tu es fini. Fini avec un grand « F ». J'espère que tu as d'autres compétences, tu peux changer de carrière.

Charles est foudroyé par l'annonce. Ses narines et sa mâchoire marquent un battement nerveux. L'ex-cadre tente de se maîtriser pour ne pas s'emporter ou ne pas s'écrouler. Comment pouvait-il savoir ? Sa période d'adaptation n'a pas été simple. Thomas clôture l'entrevue par un geste dédaigneux de la main :

— Dégage. Passe à la comptabilité et je ne veux plus entendre parler de toi. Je ne veux plus voir ta gueule.

— Vous avez tort de me traiter comme ça. C'est vous qui êtes fini.

À REGRET

De retour aux côtés de ma Cible

La Cible est arrivée. Une nouvelle destination durant ma lecture. Comme d'habitude, je n'ai rien compris. Le temps et l'espace sont élastiques de ce côté. En un battement de cil, je me retrouve ailleurs. Et à un autre moment. On me déplace comme un pion. Hanté par les réminiscences bancales autour de ce fameux Charles, j'ai envie de vomir. Je ne me reconnais pas. J'ai du mal avec tout ça. Comme à chaque fois que je regarde en arrière. Je me dégoûte. Je baigne dans cette amertume, dans cette haine et dans l'incompréhension qui dégouline des pages du Carnet Noir.

C'est comme ce mec que j'ai voulu humilier dans mon bureau. Qu'est-ce qui m'a pris de faire ça ? Cette arrogance et cette manière de traiter les gens… C'est tellement loin de moi. La conclusion est sans appel : je n'ai pas été une belle personne. Si les mensonges laissent des éraflures, la vérité me blesse et c'est une fracture.

J'étais un connard, et je ne sais pas pourquoi. Je suis né comme ça, j'ai vécu comme ça et je vais sans doute mourir comme ça. À cet instant, je suis criblé de milliers de questions. Est-ce ma nature profonde ? Est-ce une image en surface ? Est-ce qu'il me faut creuser, mais pour trouver quoi ? Est-ce qu'on peut changer ? Est-ce qu'on doit changer ? Reste-on empêtré dans l'erreur jusqu'à la fin ? Quel est le sens de tout ça ? À quoi ça sert ? Ça ne sert à rien, la vie est absurde ! Et je trouve l'au-delà aberrant.

Le voile d'une pensée insidieuse me frôle alors. Impossible d'y mettre des mots dessus lorsqu'elle germe. Puis l'idée vient. L'idée naît. J'imagine une étincelle vive qui claque dans le noir. Une putain de question qui arrive de loin et qui déboule sur moi comme un train pour me percuter la face et le cœur : Et si j'avais mérité tout ça ?

Le clin d'œil que m'adresse Tomato m'intrigue. Est-ce qu'il peut lire dans mes pensées ? Est-ce que je tiens une piste ? Roxane est devant moi… C'est elle la clé ? Je me faufile avec T.K. à travers le parking pour gagner l'autre extrémité. Vers l'entrée de service. Dans la cage d'escalier, la Cible file un étage plus bas. Dans un local technique éclairé par intermittence avec un néon fatigué. Il y a une vieille armoire en métal dont la porte est défoncée. Sa tenue l'attend dans cette minuscule pièce du sous-sol. Elle enfile un uniforme ridicule avec le logo CleanWall Services et extirpe du coin de la pièce un chariot en plastique débordant de produits d'entretien. La bouteille de Vodka est transférée depuis le sac vers le chariot. Elle a la ferme intention de se la siffler. Bien dissimulée derrière des chiffons, la bouteille trouve sa place entre l'alcool ménager et les serpillières. Roxane signe la feuille de présence et se rend mollement vers l'ascenseur.

Nous sommes à présent tous les trois dans cet espace clos qui remonte les étages. C'est comme un souvenir lointain mêlé à une habitude bien ancrée. Combien de fois ai-je emprunté ce genre de cage d'homme pressé ? C'est certainement incalculable. Des centaines de montées, à l'aube d'une journée lucrative. Autant de descentes, la tête encore dans mes affaires. Est-ce que Roxane travaille dans cet immeuble ? Il faut que je demande à T.K. Je ne sais pas pourquoi, mais je n'arrive pas à parler. J'ai beau savoir que personne ne m'entend, j'ai du mal à discuter en présence des vivants. Et particulièrement lorsqu'il y a ma Cible. Le petit Tomato, lui, ne s'embarrasse pas de ces préoccupations. À en croire son sifflotement décontracté alors qu'il admire les étages défiler, rien ne peut le toucher.

L'accès au 17e s'ouvre enfin. C'est écrit en gros face à moi : Garnier I.E. Consulting. En lettre épaisse. En inox sur un mur blanc. Mon bureau. Ma société. J'ai les pieds dans ce que je me suis acharné à construire : mon empire. Voilà le lien. L'entreprise de nettoyage prend en charge tout le bâtiment. Cette bonne femme fait le ménage dans mon immeuble et je ne l'ai jamais croisé. Ou je n'ai jamais daigné lui porter le moindre regard. Elle est de ceux qu'on ne voit pas. C'est vrai, elle est de ceux qu'on ne considère pas. Ceux qui se débattent dans l'ombre, loin des brillants autoproclamés comme moi.

Les bureaux se vident peu à peu. Les plus affamés sont partis déjeuner. Quelques irréductibles de l'équipe s'affairent encore. Roxane s'active, elle n'est pas motivée mais elle fait le job. Débutant par le couloir central, avant de passer dans chaque bureau. Elle s'échine dans l'indifférence la plus totale. La Cible arrive enfin à mon bureau, poussant lentement son petit chariot. La poussière est éliminée d'un geste mécanique. Ça brille, ça assainit. Le sol est aspiré. Les poubelles sont vidées. Soudain elle se fige. Elle avait la tête dans le guidon, maintenant elle réalise. Face à mon portrait sur le bateau, l'évidence la gifle.

La conductrice fautive est sur mon lieu de travail, dans

mon espace. Je suis bien le motard qui s'est encastré contre sa voiture. Son aérosol tombe à terre, son chiffon est serré avec la force du désarroi. Elle est pétrifiée, stupéfaite par la coïncidence. La Cible se dit qu'il n'y a pas de hasard. Elle reste quelques secondes à examiner ma photo. A contempler le modèle de réussite que je suis, imprimé en grand sur cette toile. Roxane reste interdite, accablée par un trop-plein de culpabilité, au milieu de mon bureau. Elle a du mal à respirer. Elle n'ose même plus relever la tête en direction de mon portrait. La responsabilité lui saute à la gorge. Ses yeux sont rougis. Elle pose une fesse sur le bureau pour craquer, définitivement. Elle plonge le visage dans ses mains, en regrettant :

— Putain… Mais qu'est-ce que j'ai fait ?

Le lien est évident. Sa main tremblante glisse alors dans la poche de son pantalon. Elle défroisse la fameuse feuille récupérée dans mon blouson le jour de l'accident. Ses yeux dansent sur ces quelques lignes et ses larmes déferlent. J'ai le sentiment que ce qu'elle lit rend sa situation encore plus difficile. J'aimerais pouvoir découvrir le contenu, mais prise d'une vive douleur au ventre, Roxane serre ses poings. Elle froisse la feuille instantanément. Je ne vais jamais pouvoir lire cette maudite page ! La Cible fixe un instant le chariot d'entretien en hoquetant. Accablée par la souffrance, elle tient bon le temps que le spasme se dissipe. Elle serre ses poings, elle serre les dents. La crise semble passer, finalement. Elle se relâche. Abandonnant au passage, la boule de papier froissée sur mon bureau. À bout de force, sa décision est prise, elle se jette sur son outil de travail. Déplaçant les produits nettoyants au fond. Elle veut mettre la main sur sa bouteille de Vodka pour l'ouvrir sans attendre. Il n'y a plus d'hésitation, il n'y a plus de question. Elle veut juste oublier. Arrêter de souffrir, et simplement replonger.

Sa main explore le matériel d'agent d'entretien et ses doigts touchent enfin au but. Il y a du bruit dans la pièce, juste à côté. Roxane s'arrête, perturbée par les bruits de pas qui approchent. Un employé pénètre dans le bureau. Un grand black élancé se poste à l'entrée tout en décortiquant une mandarine. Le fameux Charles est sur le seuil. Que fait-il là ? Élégant dans son costume, il se présente avec beaucoup d'aisance.

— Je suis l'assistant de Monsieur Garnier. J'ai besoin du bureau. Avez-vous terminé ?

Prise la main dans le sac, Roxane replace discrètement la bouteille dans le chariot puis se relève pour répondre au jeune cadre.

— Oui, oui. Je viens de finir… Je vous laisse la place… Excusez-moi.

Elle quitte mon espace de travail et progresse vers les toilettes à l'étage. La tête basse, elle rase les murs avec son petit chariot qui couine légèrement. Les WC sont vides. Roxane peut s'y enfermer. Assise à même le sol, elle pleure. Elle s'abandonne à la douleur, à l'abri des regards. Elle contemple le spiritueux et se caresse le cou. Son collier, elle sait pertinemment qu'elle ne peut pas le garder. Elle ne peut pas fauter et le porter en même temps. D'un geste rageur, elle l'arrache et le lance dans un coin. Comme lorsqu'on renonce à contrecœur à une promesse. Je la vois vulnérable et fragile, je voudrais lui dire de ne pas faire ça. Je voudrais l'empêcher de replonger. Le goulot est porté à ses lèvres. Le sel des larmes se mêle à l'alcool, elle se met à boire. De larges gorgées pour trouver la paix. Pour sombrer dans un endroit confiné. Pour oublier ce qu'elle est. Roxane boit. Roxane pleure.

Au même moment, dans le bureau, le loup aux dents

longues prend ses quartiers. Le cul sur le fauteuil du Boss, il passe à l'action. Tomato s'y aventure pour voir ce que Charles machine dans mon dos. D'après les dernières chroniques, il n'a rien à faire ici. Je l'ai viré il y a quelques jours, si j'ai bien tout compris. Un disque dur est branché en USB à la tour de mon PC. Un CD est inséré dans ma machine. Charles frappe sur le clavier à la vitesse de l'éclair. Dans le BIOS, des lignes s'affichent, un traitement s'exécute, l'utilitaire écrit sur le disque. Charles supprime mon mot de passe utilisateur. Tous les verrous sont réinitialisés en une ligne de commande. Mon accès est neutralisé. Mon poste de travail devient totalement perméable. Le PC redémarre, vulnérable comme jamais. Il lui a fallu moins de 5 minutes pour tout faire sauter. Ce bon à rien cachait bien son jeu !

Mes données sont dupliquées. Pillées sans aucun scrupule. Alors que mon fonds de commerce s'évapore en passant d'une machine à une autre, Charles est attiré par la boule de papier froissée sur le bureau. Celle-là même que vient d'abandonner Roxane. Il s'en empare et découvre son contenu en attendant la fin de la copie.

Son visage est barré d'un large sourire jusqu'aux oreilles. Le hacker hoche la tête en se pinçant les lèvres. Charles est satisfait de sa trouvaille. Visiblement, c'est du lourd. Il se dit que la roue tourne et qu'il va utiliser ce document à bon escient. La lettre rejoint la poche intérieure de sa veste. La copie des fichiers est terminée. Il remballe son matériel et s'apprête à disparaître sans laisser de trace.

Dans les toilettes, la bouteille est vide. Tomato vient me rejoindre. Il s'installe sur le meuble à côté d'une vasque pour prendre à nouveau quelques notes. La tête de Roxane tourne, et ses pleurs cessent. L'ivresse l'apaise, le vague à l'âme se dissipe. Mais Roxane s'en veut d'avoir craqué. Elle se relève comme elle le peut. Son larynx est en feu. Elle vomit dans la cuvette, elle n'a plus l'habitude. Lorsqu'elle pose ses yeux larmoyants sur le sol, son regard change en une fraction de seconde. Elle passe de l'étonnement à la peur. L'angoisse devient profonde. Une véritable terreur.

— Merde… Qu'est-ce que c'est ?

Quelques gouttes de sang marquent son parcours de la porte des cabinets jusqu'ici. Sous sa tenue, une tache brune et poisseuse s'étend sur l'abdomen. Face au miroir situé au-dessus de l'enfilade de lavabos elle se contemple. En soulevant son t-shirt, la Cible découvre une plaie suintante et un énorme hématome violacé. Une blessure immonde partant de la hanche jusque sur les côtes.

Les images du choc lui reviennent. L'impact avec le volant, la fatigue, et l'alcool qu'elle vient de consommer. Une hémorragie interne qu'elle n'a pas traitée. Pour elle, les choses sont mal engagées. Elle a passé la nuit à veiller dans le couloir. Personne ne s'en est préoccupé. Ses organes endommagés viennent d'assimiler une quantité létale de Vodka. Après 422 jours d'abstinence, elle vient de tout détruire. C'est moi la raclure et c'est elle qui risque d'y passer dans des chiottes. Les artères chargées d'eau-de-vie et de tourbes, elle va peut-être mourir à cause de moi. J'ai peur pour elle.

Je voudrais lui venir en aide. Je voudrais alerter quelqu'un. Faire péter les robinets, ouvrir les fenêtres avec fracas, arrêter le premier venu dans le couloir. N'importe qui. Qu'on puisse la prendre en charge. Tomato reste planté là, devant elle. Impassible et froid. Assis à côté du lavabo, il n'est ni choqué, ni surpris. Moi, je reste impuissant. Je m'y suis attaché, sans vraiment savoir pourquoi. C'est *ma* Cible après tout. Je reste anéanti, devant un enfant de 10 ans prenant des notes à côté d'une femme à l'agonie.

— Il faut faire quelque chose ! T.K. ? Toi qui Sait !
— Il n'y a rien à faire. Pour ta Cible c'est terminé.
— Ce n'est pas possible ! On ne peut pas la laisser comme ça ! Elle n'a pas un putain d'enfant intérieur qui va l'aider ?
— Elle ne va pas mourir. T'es rassuré ?
— C'est mal barré ! Comment tu s… ?
— Je suis celui qui Sait.
— Et qu'est-ce qu'il va lui arriver ?
— Elle va s'en sortir. Mais ce n'est pas le plus important.
— Mais… Ma Cible est blessée ! Regarde ! Elle saigne. C'est moche !
— Oui, c'est moche.
— Qu'est-ce que je dois faire ? Dis-moi ?
— Rien du tout ! Elle est le déclencheur.
— Le déclencheur ?
— La clé, si tu préfères. Pour ta compréhension.
— Mais je comprends rien ! Quelle clé ?
— Tu as suivi ta Cible jusqu'au bout. Elle t'a emmené sur la bonne piste. C'est à toi de jouer pour la suite.
— Mais on ne peut pas rester là sans rien faire !
— Non bien sûr… On va partir.
— Et c'est tout ? Tu peux me regarder quand je te parle au lieu de griffonner ton satané cahier !
— Je te prépare la suite. Tu as un peu de lecture.
— Non ! Je veux qu'on la sauve, tu m'entends ?
— Ce n'est pas une question. Tu vas lire.
— Va te faire foutre ! Toi, tes fringues pourries et ton putain de Carnet !
— Les pages du carnet ne se refusent pas.

Il déchire ma future lecture puis referme le calepin. Il me dévoile alors la couverture. Sur le cuir noir, la matière est gaufrée. Je déchiffre le titre qui orne le cahier « L'inconscient ».

— J'écris dans ton inconscient, Einstein.

Mon inconscient ? Tomato tourne simplement les talons en me transmettant son nouveau texte. Je suis abasourdi et lui, sort des WC comme si de rien n'était. Roxane, continue à s'observer dans le miroir en se laissant lentement glisser le long de la porte des toilettes. Entre les traces de pisses de cols blancs et de tailleurs crème. Dans ses yeux, on peut y déceler de la panique. Dans sa respiration haletante, j'entends la peur de mourir. Elle maintient sa plaie mais rien n'y fait. Le sang continue de couler. Juste avant que je ne pose les yeux sur mon prochain retour en arrière, Tomato me lance :

— Viens l'ignorant… Charles va partir. Ça va devenir intéressant.

POSSESSIVE

Chronique du Carnet Noir – par Tomato Ketchup

Leurs corps brûlants allongés sur le lit d'un hôtel en périphérie. Des mouvements lents et langoureux. D'autres violents et profonds. Des regards qui sous-entendent un plaisir partagé. Des soupirs de désirs. Des baisers chargés de vices. On lèche le sel sur la peau échauffée. Les mains sont serrées. Les corps contractés. Dévorée par des assauts précis et divins, elle donne tout. Elle reçoit beaucoup. Jusqu'à l'apogée d'un rapport volé entre midi et deux.

Ses grands yeux noirs pétillent délicieusement. Elle s'étale, dans une satisfaction rare. Les cheveux bruns tombent en cascade sur ses épaules luisantes. Juste à côté de lui. Serrant les jambes, se tenant le ventre, assaillie par des soubresauts merveilleux. Elle affiche un large sourire. Thomas ferme les yeux. Au bénéfice de la décharge d'adrénaline qu'il vient de se procurer. C'est son fixe de sexe, la dose qu'il recherche constamment.

Fauter en connaissance de cause, il assume. Trouver le plaisir aux limites de la morale, pourquoi pas ? Mais coucher pour être certain de ne pas perdre les marchés à venir, finalement, c'est une riche idée. Voilà ce qu'il se dit. Amasser du fric en l'ayant dure et dressée, c'est un peu comme rouler une pelle aux lois du marché. Baiser avec sa plus grosse opportunité d'affaire, ça tient du génie, ou d'un élan abruti – la frontière est parfois mince. Il observe sa maîtresse. Elle est superbe, mais Thomas ne vibre pas plus que ça. Elle a du piquant, mais ça ne l'excite pas outre mesure. Alice ne compte pas. Pas plus qu'une autre, en réalité. C'est l'enjeu qui importe. Les perspectives de chiffres d'affaires. C'est ce qu'Alice représente qui aiguise ses érections.

C'est exactement ce que Thomas est en train de penser alors que sa petite brune se rhabille. S'il est honnête, il doit admettre qu'il s'en fout royalement. Elle est attirante, ce qui lui rend la tâche plus facile. Mais au fond de lui… Tout au fond, il sait qu'il aurait pu faire exactement la même chose avec n'importe quelle femme. Même si elle avait eu des poils aux jambes, un strabisme stratosphérique et les oreilles décollées… Pourvu qu'elle ait le budget. En réalité, c'est un rapport sexuel professionnel. Pour la bonne cause. Pour son cabinet, c'est presque… Un devoir. Thomas se dit qu'avec sa femme, ce n'est plus tout à fait ça. Que ça n'a rien à voir avec les sentiments. Et qu'à sa place, elle ferait sans doute pareil. Légitimer de la merde, pousse l'homme faible à se rouler dans des raisonnements ineptes. Mais ça, Thomas n'en a pas conscience.

— Tu as aimé ?
— Et toi ?

Alice de son côté, ne se leurre pas. Qu'est-ce qui l'attire chez cet homme ? L'arrogance et sa grande naïveté. Son détachement en apparence, qui cache peut-être une autre facette plus profonde. Sans parler de l'affinité physique qui les lie. Son expert dispose d'un certain charme, elle n'y est pas insensible. C'est sans doute une raison suffisante… À moins que leur relation ne cache un plan bien plus grand. Elle a une sorte de fascination irrépressible engendrée par le côté je m'en foutiste de Thomas. Peut-être est-ce par défi ? Peut-être est-ce sa dextérité au lit ? Elle ne sait pas vraiment. Alice glisse dans son tailleur et l'interroge :

— Tu tiens à ta femme ?
— On est vraiment obligé de parler de ça ?
— Je veux juste savoir.
— Pourquoi ? Je n'ai pas envie d'en parler.
— Notre petit jeu dure depuis quelque temps. J'aimerais savoir où on en est ?

Thomas se passe les mains sur le visage, puis s'assoit au bord du lit en lui tournant le dos. Pourquoi remettre ça sur la table ? Il veut seulement une parenthèse nette et simple. Une infidélité propre et sans bavure. Pourquoi ne peut-elle pas se contenter de prendre son pied, d'avaler et de détaler ? Agacé, il saisit sa chemise à terre puis la passe sur le dos.

— Oui, je suppose que oui… Je tiens à ma femme…
— Et moi ? Tu tiens à moi ?
— Alice…

La jeune femme fait le tour du lit afin de poursuivre la discussion les yeux dans les yeux. La question ne tolère qu'une seule réponse. Visiblement, son amant n'a pas compris. Il ne sait pas que tout ça le dépasse.

— Thomas. Je ne partage pas.
— Tu veux vraiment me prendre la tête ?
— Je crois que tu n'as pas saisi. Je peux être très persuasive.
— Où tu veux en venir ? Si tu crois que…
— Soit je t'ai pour moi. Soit personne ne peut t'avoir. C'est clair, Thomas ?

REMPLACÉ

De retour de l'autre côté… Sur la piste de Charles

Alice s'est montrée possessive. Elle me menaçait ? Elle n'avait pas l'air de plaisanter. Quand j'y pense, je suis dégoûté. L'adultère vu d'ici est une vaste fumisterie. Perdre tout ce que l'on a pour une chatte épilée et quelques mouvements de bassins, c'est affligeant. Qu'est-ce qu'il m'a pris de claquer le fessier d'une cliente en levrette ? Je me découvre faible, j'ai fait n'importe quoi. Sacrifiant l'équilibre de ceux qui m'aiment au profit de fluides corporels et de décharges sauvages dans un hôtel sordide. Je découvre ce que j'étais avec un œil neuf et extérieur, je me trouve lamentable. Lamentable et dans une impasse. C'est un état des lieux existentiel difficile à dresser.

Le Thomas d'avant, ne me ressemble pas vraiment. Si j'en crois les chroniques, il n'a pas de principe. Il ne s'est pas imposé les bonnes limites. Le Thomas qu'on décrit n'a pas couché ailleurs seulement par lassitude. Il s'est vautré dans la débauche, mais ce n'est pas à cause de la routine. Il ne s'est pas laissé prendre au piège par une passion amoureuse fulgurante. Il n'a pas voulu pimenter sa vie. Il l'a fait sciemment. Froidement. Pour sa carrière.

Le chantage d'Alice m'inquiète. Soit je suis à elle, soit je ne suis à personne. Son attitude possessive me laisse imaginer le pire. Jusqu'où peut aller une maîtresse déterminée ? Jusqu'à me plonger dans le coma ? Je ne peux qu'imaginer, à défaut de me souvenir. J'ai beau y mettre du mien, je ne me rappelle rien spontanément.

Charles est dans sa voiture. Nous nous sommes glissés à l'arrière avec T.K. C'est une grosse berline à l'intérieur crème. Tout est calme, tout est feutré. Il n'y a pas de musique. Il roule en silence, Charles est très concentré. Un brin stressé si je me fie à son souffle court. Il saisit son itinéraire sur son GPS. Par quel miracle ai-je atterri dans sa Volvo ? Je ne m'explique toujours pas pourquoi, ni comment. Tomato ne me parle pas. Mais il me dirait sûrement, que de ce côté, je dois seulement être au bon endroit et bon moment - sans chercher à comprendre. Au volant, ce petit fumier de Charles dissimule sa nervosité. Il quitte la ville pour rejoindre la banlieue. Son disque dur est sur le siège passager. Je déteste l'air satisfait qui illumine son visage lorsqu'il pose le regard sur cet objet.

Les paysages défilent. Je suis encore hanté par les derniers instants avec Roxane. J'ai encore des images d'elle plein le crâne. Je l'ai vu souffrir et se vider en étant un simple spectateur. Dans des chiottes, à 50 mètres de mon fauteuil de directeur. Elle était ma Cible. Elle a couru vers moi, elle m'a porté secours. Elle était au volant, oui… Mais je ne voulais surtout pas qu'elle meure. Je devais la suivre. Tout tournait autour d'elle, et maintenant je dois l'oublier. Je dois me dire qu'elle va s'en tirer. Je dois juste me contenter de croire ce que dit T.K. et continuer à avancer.

Et si ça n'était pas le cas ? Qu'est-ce qu'il faut que je fasse ? Qu'est-ce qu'il doit arriver maintenant ? C'est à n'y rien comprendre, tout ça me dépasse. Elle devait être un déclencheur pour la suite, c'est ce que Tomato a dit. Mais quelle suite ? Qui mérite d'y passer pour que je puisse continuer ma route ? Je l'ai vu s'inquiéter pour moi au péril de sa vie. Elle a veillé à l'hôpital alors qu'elle était blessée. J'espère juste qu'elle va s'en remettre et qu'on va la prendre en charge à temps. Roxane… Elle qui faisait le ménage dans mes locaux sans que j'y accorde la moindre importance. Tout ça est absurde. Totalement absurde.

— Thomas… N'y pense plus.
— Si tu crois que c'est simple !
— Elle t'a conduit jusqu'ici. C'est le plus important.
— Elle ne servait qu'à ça ?
— Tout part d'elle… Elle était au volant après tout.
— Dis-moi qu'elle va bien.
— Elle ne va pas bien, mais elle va s'en sortir. Je te le jure.

Tout porte à croire que je dois me contenter de cette affirmation. Pris de sursauts émotifs sur le trajet, j'éprouve de petites sensations étranges. Une impression de déjà-vu, le décor semble me parler. On s'éloigne de la ville, quelques images me reviennent. Les premiers champs se dévoilent. La balade prend fin alors que mon intuition me joue des tours. J'ai l'impression de reconnaître les environs. Que fait-on là ? Pourquoi sommes-nous dans ce petit lotissement ? Quelques villas sont sagement alignées. C'est un défilé d'hortensias, de pelouses millimétrées, de haies bien taillées et de familiales françaises qui consomment peu. Des maisons pour des gens bien comme il faut, dans un gros lotissement pour contribuables dociles.

Charles coupe le contact face à la construction la plus importante. Discrètement stationné de l'autre côté de la rue, il guette. Je n'aime pas ça, sans parvenir à me l'expliquer. Il observe l'immense villa. Le pool house est visible depuis la route, le jardin est parfaitement entretenu. Les lignes de la baraque sont épurées, élégantes. Le toit est plat, les volumes majestueux. Un Q7 blanc flambant neuf dort devant le garage. D'ici, j'aperçois un enfant errer dans le jardin avec une tristesse infinie. Ce petit garçon qui tape sans conviction dans un ballon jaune, c'est Maël. On est juste devant chez moi ! Tomato me tapote sur l'épaule :

— Tu es exactement là où tu dois être, Thomas.
— …
— Arrête de faire la tronche s'il te plaît.
— Je suis fatigué de toute cette histoire…
— En tout cas… Belle maison, mon cher !
— Je ne m'imaginais pas vivre « à la campagne ».
— Ta femme voulait du calme… Tu voulais du volume…
— Je ne me rappelle de rien…
— En tout cas… Sacrée piaule. Tu as dû faire un crédit costaud !
— Je suppose. Je n'en sais rien.
— Arrête de chuchoter… Personne ne t'entend.
— Je n'arrive pas à m'y faire, désolé.
— Les maisons de tes voisins ressemblent à des boîtes de sardines à côté. Regarde !
— C'est vrai qu'elle est immense.
— Tu as des goûts de luxe, mon vieux.
— Apparemment…
— Je connais le montant. Surtout le montant de tes traites. Ça pique.
— Et alors ? À quoi ça te sert, Monsieur Je Sais tout ?
— Combien t'a coûté cette maison ? Tu en as conscience ?
— Vu mon état actuel, je m'en contrefiche…
— Fais un petit effort…
— Aucune idée, c'est certainement la plus chère du coin.
— Je ne te parle pas de sa valeur. Je te parle de ce qu'elle t'a coûté ! Tu as une idée ?

— Excuse-moi… Je ne comprends pas où tu veux en venir. Tu veux que je te donne un prix ?

— En heures de travail, espèce d'ignorant ! En sacrifice. En engagement. En temps passé loin de ton fils et de ta femme. As-tu une foutue idée de la quantité de vie que tu as gaspillée pour cette merde ?

Il ne me serait jamais venu à l'idée d'aborder la question sous cet angle. Le volume de mon existence sacrifié pour cette demeure, c'est… Un prix forcément trop élevé. Des parcelles du passé rejaillissent par petites touches suite à cette prise de conscience. Des réunions, du stress, un contrôle permanent, la recherche de la performance et de la rentabilité. Je revois les cafés avalés à la hâte, juste pour tenir bon. Les lignes de poudres et les petites doses envoyées discrètement dans les toilettes. Les dents serrées en m'endormant. Mon déficit de sommeil. Des culottes qui roulent entre deux décharges. Des érections pour mon solde créditeur. Je me rappelle du nombre incalculable d'heures passées à me détruire les rétines sur l'ordinateur. Pour des clients toujours trop pressés. Pour amasser toujours plus. Je me repasse toute cette tension. Mal dormir. Mal bouffer. Mal vivre. Mal aimer. Encaisser, encaisser. Encore et encore. Rouler toujours plus vite. Baiser à la hâte, juste pour m'apaiser. J'ai le souvenir de cette crainte que j'entretenais. La peur de ne jamais en avoir assez et de ne plus être au sommet. Ma vie pendue au bout d'un fil. Toujours en déplacement. À bâtir sur du vent.

Je vois se profiler le sous-entendu, je sens le malaise : mon âme vendue au diable. Tout ça pour quoi ? Pour une piaule froide et bien trop grande dans laquelle je ne foutais certainement jamais les pieds, trop occupé à cravacher. Pour une piscine à débordement, un chien, une moto, des tas de conneries connectées qui me font une belle jambe maintenant. Une Audi hors de prix pour que bobonne me foute la paix. Un empire d'achats compulsifs pour compenser le vide immense de ma vie. Acheter pour posséder. Esclave d'un confort surfait, en réalité. Je me suis détruit à la tâche sur les marchés. Je me suis cru irremplaçable. J'en suis mort à crédit. Je réalise le gâchis. Je commence à comprendre. Comprendre que j'ai eu tout faux. Et qu'il y a peut-être un sens derrière tout ça. Je lui concède simplement dans un soupir résigné :

— Cher… Elle m'a coûté beaucoup trop cher…

Tomato se contente d'un sourire discret. Il est préoccupé par Charles qui reste impassible au volant. La tête tournée vers mon palais. L'affreux voleur de données décortique une clémentine en patientant. Lui et ses putains de fruits me sortent par les yeux. Je ne sais pas ce qu'il fabrique devant chez moi, je n'aime pas ça. Je ne sais pas ce qu'il attend, mais il semble déterminé. Il a les yeux rivés sur mon gosse. Il ne bronche pas, et ça, c'est angoissant. Soudain, sa pupille se dilate. Il y a du mouvement chez les Garnier. La porte d'entrée s'ouvre au loin. Sur le pas de la porte, j'y vois un homme en pull à col roulé et jeans serré. C'est Yann qui sort de ma maison. L'Ami de la famille progresse dans le jardin pour venir à la rencontre de mon fils. Le traître pose son pied sur le ballon. Yann fait une passe, mais mon garçon laisse filer la balle sans réagir. Maël préfère lui sourire. Un sourire timide, mais un sourire quand même. Là, c'est trop pour moi. Je quitte la voiture et traverse la rue. À mes côtés, Tomato me lâche un cinglant :

— On t'a vite remplacé.

Je ne suis pas enterré, qu'il a déjà passé la nuit dans ma maison. Et peut-être même dans ma femme ! Yann, ce plagiat de beau gosse rôde sur mes terres. Déjà investi dans son rôle de super-beau-père alors que je ne suis pas encore refroidi. Cette idée m'angoisse. Cette idée m'obsède. J'imagine Olga heureuse à ses côtés. Elle, avec mon meilleur ami… Je me projette son futur. Epanouie dans une relation équilibrée et une vie de famille simple. Partageant des petits bonheurs enfin accessibles. Des petits-déjeuners en famille. Des petites promenades en forêt, des petits coups de reins décomplexés pour la veuve éplorée. Et ça… Ça me fait mal.

Elle sort de la villa à son tour alors que je foule le jardin. Elle paraît absolument radieuse, c'est insupportable. Dans ses yeux, il y a une sorte de soulagement. Un côté apaisé qui me terrorise. À cet instant précis, elle n'est pas loin d'être heureuse et moi… Moi, je suis presque mort.

— J'ai pas mérité ça ! Dans mon dos. Comme ça. C'est dégueulasse !

— Attends… Tu veux que je te rafraîchisse la mémoire avec Alice ?

— Ça n'a rien à voir !

— Tu n'as pas trempé ton biscuit ailleurs ?

— Tu y étais, tu l'as écrit. C'était du business !

— Oui, tu as raison : c'est complètement différent !

— Cherche pas à être comique, je ne suis pas d'humeur.

— Ça te fait mal ?

— Sans déconner ? Bien sûr.

— Mais pourquoi ? Explique-moi, Thomas.

— Je tiens à Olga. J'en sais rien… Avec cette Alice… Ce n'était même pas moi. Enfin… Je ne suis pas lui !

— Ah bon ? Ça m'intéresse…

— Si toutefois c'est vrai ! Je ne me reconnais pas. Je ne comprends pas.

— Mais tu l'as fait.

— Je ne sais même pas pourquoi ! Alice n'est pas du tout mon style, c'est n'importe quoi.

— Quelle mauvaise foi ! De ce que j'ai pu voir, c'était bien ton style à quatre pattes en train de mordre l'oreiller pendant que tu la culbutais.

— Je ne peux pas croire ce que j'ai lu à propos de mes infidélités. Je ne me reconnais pas là-dedans. Vraiment.

— Pourtant c'est arrivé. Plus d'une fois.

— J'ai dû rapidement y mettre un terme. Ce n'est pas possible autrement.

— Oh, oui… Tu as voulu y mettre un terme… Je l'ai noté quelque part…

— Mais là… Là… Ils ont l'air heureux. Regarde ! On dirait qu'ils vivent ensemble depuis toujours. Regarde-moi ça !

Tomato feuillette son Carnet Noir. Yann enlace mon fils pour le réconforter. L'exaspération m'oppresse. Au creux de ses bras, Maël semble soulagé d'être enfin protégé. Le soleil perce à travers les nuages pour les accompagner. Même le ciel donne son feu vert. Sous l'éclaircie, ma femme les contemple. Durant l'espace d'une seconde, elle irradie d'un bonheur parfaitement gerbant. Une nouvelle page du cahier se déchire, je me noie une fois de plus dans le passé. C'est toujours mieux que d'assister à ce spectacle navrant sans pouvoir agir.

PERSUASIVE

Chronique du Carnet Noir – par Tomato Ketchup

La rue est calme. Entre chien et loup, quelques badauds s'attardent sur l'asphalte. Une Honda noire s'arrête au pied d'un immeuble de style haussmannien. Il détache son casque. Le moteur de l'ultra-sportive est coupé. Thomas débarque dans cet hôtel particulier où elle l'attend. 6850#, combien de fois a-t-il fait ce code à l'entrée ? Des dizaines, c'est certain. Il franchit les imposantes doubles portes et emprunte l'escalier.

Chaque marche grince pour annoncer sa venue, il se cramponne à son casque. Le ventre noué et la gorge serrée. Ce qu'il s'apprête à faire n'a rien d'amusant. Surtout pas pour lui. Comment va-t-elle réagir ? Il se le demande. Il n'existe pas de manière de rompre proprement, à plus forte raison avec sa maîtresse.

Au deuxième étage, la porte de l'appartement est entrouverte. De la musique se diffuse depuis le salon. Thomas reconnaît vaguement les notes de piano de Someone Like You. Il pénètre à l'intérieur alors que la voix d'Adele envahi ses oreilles durant le refrain. Personne à l'horizon, le salon est vide. Thomas pose son regard sur ce vaste canapé rouge. Difficile de contempler ce cuir sans penser à tout ce qu'il a pu faire dans cette pièce avec elle. Ils l'ont fait sur la méridienne. À même le sol, sur le parquet ancien. Juste à côté de la cheminée et même contre le mur sous l'imposante toile.

— Alice ?

Il n'y a pas de réponse. Thomas déboule alors dans la cuisine. Au milieu de la vaste pièce tout équipée aux murs anthracite, elle est là. Les bras tendus, appuyée sur l'îlot central. La jeune femme est perchée sur ses talons, dans un tailleur noir agrémenté d'un haut corail. Un verre de pinot gris bien entamé attend sagement d'être vidé. Et ce n'est pas le premier. Alice semble pensive. Son visage s'illumine d'un large sourire en voyant Thomas arriver. Ses yeux noirs se mettent à pétiller.

— J'ai cru que tu ne viendrais pas !
— Ben, je suis là…

Il dépose son casque lourdement sur le plan de travail, sans rajouter quoique ce soit. Elle en profite pour lui servir un verre de vin. Il décline silencieusement. Il n'est pas d'humeur. Le ton est donné. Thomas se dit qu'il lui sera plus facile d'accomplir sa sale besogne en passant pour un salopard. Mais elle ne se décourage pas. Elle a faim. Faim de lui. La maîtresse pose délicatement sa main sur le blouson de son amant pour lui ôter. Tout en tentant un rapprochement net. Thomas se pince les lèvres, il n'est pas là pour ça. Il se demande juste s'il va avoir le courage de repousser les avances de la jeune femme.

— Il faut qu'on parle.
— Non. Il faut que tu me prennes. Maintenant.

— Je suis sérieux, Alice.

Elle délivre un petit baiser sur la pointe des pieds, mais les lèvres de Thomas restent sèches et closes. La distance qu'il impose force l'incompréhension. Elle ne l'a jamais vu dans cet état. Leur parenthèse est habituellement une occasion de se détendre et de passer du bon temps. Quelque chose ne tourne pas rond.

— Ça ne va pas ? Tu sais que tu peux tout me dire.
— …

Le silence plombe l'ambiance. Thomas laisse échapper un soupir de lassitude qui annonce la suite. S'ensuit une profonde inspiration dans l'espoir de trouver la force d'être honnête. Comment va-t-il faire ? Comment va-t-elle prendre la nouvelle ? Alice dépose les verres à pied en attendant la sentence. Dévisageant son amant avec ses grands yeux aux nuances d'aniline. Elle est un peu inquiète. Le froid qui s'installe entre eux est inhabituel.

— Alice… On ne peut plus continuer comme ça.
— Bien sûr qu'on peut !
— J'ai plus envie de faire semblant… Je suis marié…
— Ça ne t'a pas gêné depuis le début.
— C'est différent…
— Et je peux savoir pourquoi ?
— Ça ne mène nulle part…
— Tu t'attendais à quoi ? Et puis, c'est toi qui affirmes que ça ne mène nulle part.
— J'ai du mal à gérer. Je vais me faire griller. Je le sens.
— Ne change rien ! Ça marche depuis notre première fois. Tu t'en sors très bien.
— Et vis-à-vis du boulot ? Je ne peux pas me le permettre… Si on apprend que je sors avec une cliente.

— Tiens c'est nouveau… Tu « sors » avec moi ? Je pensais que c'était juste de la baise.
— J'ai dit « sortir » pour ne pas être blessant.
— Ça ne me blesse pas. Moi je n'ai aucune envie d'arrêter.
— Ne rends pas les choses plus difficiles…
— J'ai mon mot à dire.
— Pas vraiment… Écoute, je crois que c'est plus profond que ça. Alice…
— Quoi ?
— … Je me suis lassé.
— Lassé ?
— Désolé. Je ne veux pas te blesser. C'est la dernière fois qu'on se voit comme ça.

Elle s'avance vers Thomas. Plantant son regard dans le sien. La mâchoire est serrée par la vexation. Ses pupilles sont dilatées, visiblement, elle n'a pas bien encaissé la nouvelle. Elle s'efforce de souffler pour décompresser. Comme si le fait d'expirer profondément pouvait annuler ce qu'il vient de dire. Mais elle n'a pas abattu toutes ses cartes, elle s'incline lentement pour lui susurrer :

— Est-ce que tu vas te lasser de ça ?

Ses mains descendent au niveau de la ceinture, qu'elle détache lentement. Tout en lui délivrant un baiser langoureux. Elle souffle sa soif de désir, d'abord dans le cou, puis sur les lèvres. Puis elle glisse ses longs doigts dans le boxer. Effleurant sa peau, puis l'attrapant à pleine main. Alice l'entraîne dans le salon, tout en descendant le pantalon du corps qu'elle doit reconquérir. Après l'avoir jeté sur le canapé écarlate, elle entreprend Thomas dans un oral parfaitement exécuté. Elle ne ménage pas sa peine. Une tactique qui paye. Puisque entre ses lèvres, il n'oppose pas vraiment de résistance. Finalement, elle relève la tête en plein exercice pour clarifier la situation :

— Tu n'as rien compris. Tu es à moi.

— Oh… Alice… Arrête… Arrête… On… Il faut qu'on parle…

Frustrée, elle s'interrompt pour prendre appui sur les cuisses de Thomas en se relevant. Alors qu'elle rattache ses cheveux, il constate que l'attitude de la jeune femme est en train de changer. Son regard devient sombre, le visage de la maîtresse se durcit. Le clash se profile. Les choses sérieuses débutent, elle n'a pas l'intention de se laisser faire.

— Tu veux parler ? Alors parlons Thomas !

— Je suis désolé. Je ne veux pas te faire de mal… Alice… J'ai pas…

— Je t'écoute ?

— Je ne sais pas quoi te dire. Je crois que je me suis bien amusé. Et…

— Et ?

— Et voilà. Tu es une femme superbe. Vraiment. Mais…

— Mais ?… Thomas, je n'ai pas envie d'entendre la suite.

— Alice… Je ne sais pas.

— Tu ne sais pas ? Alors c'est toi qui vas m'écouter.

Elle s'installe à ses côtés. Il est surpris, il ne dit rien. Elle tapote sur la cuisse de Thomas, et se lance avec une pointe de suffisance :

— Mon grand, je crois que tu n'as pas bien compris la situation.

— Il me semble que c'est toi qui ne veux pas comprendre…

— Tu ne peux pas faire machine arrière. Tu ne peux même pas décider !

— Mais ?

— Laisse-moi finir. Tu veux jouer à ça ?

— Jouer à quoi ?

— Que vas-tu faire quand mes clients vont couper tous tes budgets parce que je leur aurais dit que tu as voulu abuser de moi ?

— Tu me menaces ?

— Je te préviens, en toute franchise. Thomas… Tu n'es pas en position de discuter. Repousse-moi et je fais couler ton cabinet. Que va dire ta femme, lorsqu'elle va l'apprendre ? C'est aussi simple que ça.

DE SA FAUTE

De retour chez moi…

— Elle avait pris l'ascendant visiblement… J'étais… Coincé ?

— Alice te menait par le bout du nez. Enfin, du nez…

J'ai une nouvelle fois posé les yeux sur mes écarts de conduite. Le chantage d'Alice m'impose un cas de conscience. La donne vient de changer. C'était bien plus qu'une question de sexe. Il y avait des enjeux économiques. Ses menaces étaient-elles réelles ? Au point de me précipiter vers la mort ? Est-ce qu'elle couchait avec moi pour mieux me contrôler ? Est-ce qu'elle a pu provoquer l'accident ? Il va me falloir le découvrir. Il faut que je sache jusqu'à quel point j'ai été naïf.

Je froisse la chronique du Carnet Noir, en songeant à toutes les réponses qu'il me reste à trouver. Lorsque je relève la tête, je suis toujours dans mon jardin. Olga n'est plus là. On a abandonné le ballon jaune au bord de la piscine. À côté du Pool house, Maël s'est installé sur la balançoire. Il se laisse aller mollement d'avant en arrière, le regard perdu dans le vide que j'ai creusé depuis des années. Le gamin a les yeux rougis. La tête basse. Sur ces genoux, il y a son éternelle boîte en plastique bleue qu'il caresse du bout des doigts. Mon fils surnage en plein spleen et je m'en veux.

Tomato se dirige vers l'aire de jeux pour s'asseoir au pied de la balancelle. Adossé à la structure en bois, il se plonge dans son cahier pour poursuivre avec assiduité son écriture. Préparant ma nouvelle lecture à la lueur de la douleur qui règne ici.

— Moi aussi je suis passé par là… Ton fils ramasse sévèrement…

Planté à trois ou quatre mètres de là, Yann observe mon garçon en silence. Peiné par le mutisme de Maël depuis l'accident, l'Ami de la famille aimerait pouvoir l'aider. Ou à défaut, alléger son chagrin. Yann relève son col roulé, avant de venir s'asseoir à côté, sur la seconde balançoire. Il croise les bras et soupire. Qu'est-ce qu'il peut bien dire où faire ? En a-t-il seulement la légitimité ? Suspendu à sa droite, il est désolé de voir le petit dans cet état. C'est délicat de regarder un enfant souffrir sans avoir les moyens de raviver son sourire. Je peux le comprendre. Puisque personne n'est là pour consoler mon garçon, mon ex-meilleur ami s'en charge.

— Tu veux en parler mon grand ?

— …

La première approche fait un bide, engloutie par un silence gênant. Yann soupire et gratte sa barbe naissante, convaincu qu'il ne doit pas baisser les bras, il cogite. Comment aborder la question ? Moi-même, j'ai du mal à poser des mots sur la situation. Hier, j'étais encore là. À vivre à côté d'eux sans vraiment m'en préoccuper. Hier j'étais en fuite, cherchant à m'échapper du foyer pour mieux fauter. Visiblement, j'ai passé ma vie à les éviter, focalisé sur ma carrière et ma trésorerie. J'étais la proie d'une maîtresse un peu trop possessive. Et aujourd'hui tout est fini. Je suis sur le point de partir comme ça. Sans avoir pu profiter de mon fils. Sans avoir pris le temps de m'imprégner du bonheur de pouvoir jouer avec lui. Sans connaître sa couleur préférée, le nom de son meilleur ami ou ce qu'il aime avaler pour le petit-déjeuner. Je n'ai jamais vraiment pris le temps de parler avec lui. Je n'ai jamais pris le temps de le connaître. Pire, je n'ai jamais pris le temps de l'écouter. Ni lui, ni personne d'ailleurs. Yann finit par insister :

— Tu sais Maël… C'est normal d'être triste.
— …

Visiblement, la douleur est trop vive pour en parler. Oncle Yann, pose une main sur l'épaule de mon fils en quittant la balançoire. Comme pour indiquer à Maël que… Si un jour il éprouve le besoin de se confier… Il sera là pour lui. Alors que Yann s'éloigne, il perçoit dans son dos un aveu du bout des lèvres :

— Il me manque…

L'Ami de la famille se fige. Puis il revient sur ses pas. Maël vient d'ouvrir la bouche. La communication est établie. Accroupi devant l'enfant, Yann amorce la conversation :

— Moi aussi il me manque.
— … Il m'a toujours manqué.
— Ton père… Tu sais… Ton père a beaucoup travaillé… Je pense qu'il a fait de son mieux… Ne lui en veux pas.

Le petit pose sa main sur la boîte en plastique. Il s'en saisit pour la serrer entre ses bras. Avant de confier à Yann :

— C'est à moi que j'en veux
— Hey ! Doucement ! Tu n'y es pour rien !
— Alors pourquoi je me sens mal ? C'est de ma faute…
— Je ne veux pas que tu penses ça. Écoute-moi : ce n'est pas de ta faute !
— Mais ils se sont disputés ce soir-là…
— … Les adultes se crient dessus parfois. Tu n'y es pour rien.
— Tout est de ma faute. Je voulais qu'il reste…

« Je voulais qu'il reste », Maël répète cette phrase ponctuée de sanglots. De nouvelles larmes dévalent sur ses joues parfaites, glacées par un vent de novembre. Il fond dans les bras rassurants de Yann. Tous deux unis dans une même douleur. Les mains de mon ex-meilleur ami se glissent dans les cheveux blonds de mon fils. Il y a des années qu'on ne l'a pas enlacé comme ça. Mon cœur se serre. Ma poitrine est douloureuse. Dans ses perles de sel et de souffrance, j'y vois une infinité de détails. Les premières images de cette fameuse soirée me reviennent. J'en ai pris l'habitude, Tomato me rejoint pour me tendre une nouvelle page déchirée de mon histoire. L'histoire de ce fameux soir. Juste avant que ma vie ne bascule…

DERNIER REPAS

Chronique du Carnet Noir

Message envoyé : Pas ce soir. Je ne suis pas disponible.

Son assiette, Thomas y touche à peine. Un maudit poulet aux carottes est en train de refroidir sous ses yeux. Il ne peut plus voir en peinture la volaille sous cette forme. Il a eu le malheur de complimenter sa femme une fois à propos de la recette… Et il a droit à ce calvaire une fois par semaine. Olga pense lui faire plaisir, mais en vérité, il sature avec ce plat. Une overdose de poulet, mais pas seulement. Comme à chaque fois qu'elle le peut, sa femme lui parle de sa journée. Un débriefing d'une banalité assommante que Thomas s'évertue à ignorer sans broncher. Olga déblatère à propos de son agenda d'infirmière libérale trop chargé. Elle conte les aléas de sa tournée, et rapporte de petites anecdotes avec ses patients. Des petits riens qu'elle a besoin de partager, tout simplement. En apparence il encaisse les histoires d'Olga, mais c'est clair qu'il a la tête ailleurs. À en croire le mouvement compulsif de sa jambe, le chef de famille est stressé. Il a le nez irrémédiablement plongé dans son téléphone à la moindre notification. Thomas pianote, Thomas consulte. Éprouvant ainsi le plus grand mal à décrocher ne serait-ce qu'un regard.

Message reçu de. A : Je DOIS te voir.

Assis en face de son père, Maël fait l'effort de manger correctement. Le poulet ne l'enchante pas vraiment. Mais il a ce regard empli de fierté. Une lueur qui le pousse à terminer son assiette. Le petit est habité par cette énergie que les enfants dégagent à l'idée de pouvoir faire quelque chose qui sort de l'ordinaire. S'il mange bien, il va regarder la télévision avec son père. Pour le môme, c'est un instant sacré. Une complicité inespérée qu'il pourra savourer, vautré dans le canapé. Devant un blockbuster avec des robots, des extraterrestres et des effets spéciaux dans tous les sens. Pour lui, une soirée télé avec Papa, c'est un moment rare et précieux auquel il n'a jamais droit. Et ça, le gamin le sait.

— Ils disent qu'ils ont inventé une caméra spécialement pour ce film !

— …

— Pour la scène de l'invasion lorsque les aliens débarquent sur la plage. Tu te rends compte Papa ?

— Hmmm…

— Papa ? Tu m'écoutes ?

— Formidable… C'est formidable.

— Papa ? Tu ne manges pas ?

— Si si, attend une seconde.

Message envoyé : Je te contacte demain. Là, je ne peux pas.

Message reçu de A. : Ne me fuis pas… Ne me repousse pas. Pas besoin de te faire un dessin.

— Chéri… Mange, ça va refroidir !
— Oui, donne-moi 30 secondes…
— Où en étais-je ? Ah oui… Donc la mère Gaspari, que je prends en charge pour sa phlébite – Oui… Je t'ai dit qu'elle s'était fracturé le genou ? Juste avant, c'était… Les ligaments croisés. C'est moche. Elle a le genou qui a triplé de volume. À son âge, un faux mouvement dans les escaliers, ça ne pardonne pas… Bref, figure-toi qu'elle m'a confié que son fils connaissait Axel. Axel ! Tu te rends compte ? Ils sont aussi amis depuis l'enfance, elle l'a connu haut comme trois pommes. Le monde est petit tu ne trouves pas ?
— Hmm…
— Thomas ?
— Papa ?
— Oui ! Oui ! … Deux secondes…

Message envoyé : OK. Je vais arriver. Mais je suis pressé.

La fourchette de Thomas reprend le chemin de l'assiette, à regret. Alors qu'Olga se lève pour débarrasser, il se racle la gorge. Sa décision est prise, il vient de s'engager. Il n'a pas vraiment le choix. Tout ça le dépasse. Il regarde sa femme un instant, puis son fils sans parvenir à simuler une moue de déception crédible.

— Maël… Ecoute bonhomme… Je sais que j'ai promis de passer du temps avec toi… Mais…
— Oh non ! T'avais juré !
— Attends… Laisse-moi t'expliquer…
— C'est trop nul ! Mais t'avais promis !
— J'ai une urgence… Tu sais que je ne peux pas faire autrement… C'est pour le travail… C'est exceptionnel.

Au-dessus de l'évier, Olga termine de se sécher les

mains avec le torchon noir qu'elle jette rageusement en lançant :

— Tu parles ! Exceptionnel… Comme tous les samedis !

Thomas ne répond que par un regard noir avant de poursuivre la plaidoirie auprès de son fils.

— Je sais… Ce n'est pas facile en ce moment… Je vais faire vite, pour revenir le plus tôt possible à la maison.
— Tu dis toujours ça… Pap'…
— Le film ne commence que dans une heure. Et il dure deux heures, c'est bien ça ?
— Oui… Mais papa…
— Je prends la moto pour filer à mon bureau le plus vite possible. Je règle mon histoire et je reviens à la vitesse de la lumière pour voir le reste du film avec toi…
— Mouais… La moto ?
— Oui comme ça, je me faufile, je me gare juste en bas du bureau. Tu peux même mettre le film en pause et m'attendre un peu… On le regardera en différé ? OK ? … Je fais aussi vite que possible.
— Pfff… Ça me rend triste… Tu promets de foncer ?
— C'est juré. Plein gaz, comme une bombe.
— Pourquoi tu restes pas ? … Tu peux pas leur dire à tes clients ?
— Maël…
— Je n'aime pas tes clients…
— Maël… Oh, non… Ne pleure pas…

Le visage d'Olga se ferme. Ses poings se serrent. Elle intime au petit bout de partir jouer dans sa chambre quelques instants. Papa et maman doivent discuter. Elle ne tarde pas à lâcher les fauves de son immense amertume sur un Thomas qui ne demande qu'à prendre la tangente :

— Tu comptes nous fuir combien de temps ?

— Pardon ?

— Tu te moques de qui ?

— Je ne moque de personne, c'est tendu en ce moment.

— Tu peux embobiner ton fils et lui briser le cœur sans remords puisque visiblement tu t'en fiches… Mais il va falloir qu'on s'explique.

— Olga… Il n'y a rien à expliquer…

— Il y a autre chose… Thomas, tu n'es plus là…

— Arrête avec ça !

— Tu ne fais que passer. Et quand tu es là, tu as la tête ailleurs. On ne compte plus pour toi ?

— Mais si… C'est juste que…

— C'est juste que… Ta carrière passe avant nous… À moins que tu ne recommences tes frasques…

— Mais non ! Ça n'a rien à voir !

— Une fois… Tu l'as fait une seule fois, et j'ai mis des années à te pardonner.

— Olga…

— Je ne vais pas te laisser bousiller la vie de Maël parce que tu en baises une autre !

— Tu me parles sur un autre ton ! J'ai dit que j'allais revenir… J'ai du boulot !

— Oui, comme d'habitude ! Tu vas revenir… Ton fils sera déjà endormi. Tu vas lui expliquer que tu n'as pas vu l'heure. Tu vas lui dire que ça s'est éternisé et que tu n'as pas eu le choix ? Et tu vas lui acheter tout et n'importe quoi pour te faire pardonner ?

— Tu me saoules. Vraiment !

— Thomas, je suis fatiguée de parler à un mur. Je n'en peux plus de te voir la tête dans ton foutu téléphone à longueur de temps.

— Je travaille ! Merde ! Tu sais que mon boulot est basé sur la réactivité. Il faut que je sois sur la brèche h24 ! Du réseau et de la vitesse, c'est comme ça… Si je veux être le meilleur.

— Au point de ne pas pouvoir prendre 2 heures avec ton fils un samedi soir ? J'en ai par-dessus la tête de ta boîte de merde !

— Tu sais quoi ? Tu me fais bien rire ! Quand il s'agit de claquer mon pognon, il t'arrange bien mon boulot.

— C'est vraiment ce que tu penses ?

— Tu es bien contente de traîner tes fesses dans ton Q7 pour faire ton shopping ? Tu crois que je le fabrique le fric ?

— Tu es le roi des cons. Va travailler. Aller dégage.

— Je reviens vi…

— CASSE-TOI ! J'AI DIT : CASSE-TOI !

Une première assiette vole pour venir s'écraser contre le mur, Olga est excédée. La faïence se fracasse contre les cloisons à mesure que sa rage enfle. Les menaces de divorce ricochent aux quatre coins de la cuisine. Sur le point de quitter la pièce, Thomas esquive les projectiles. Impossible de rester ici une minute de plus de toute façon. Sa femme monte dans les tours, il sait que tout ça va mal finir. En tout état de cause, Thomas doit parler à Maël. Ne serait-ce que pour partir sans le savoir trop triste.

Consoler son fils, c'est ce qu'un père est censé faire. C'est ce que Thomas se dit. Et puis, ça lui permettra de filer dans la nuit en ayant le cœur plus léger. La voix d'Olga porte loin, le petit a dû entendre la discussion houleuse. Même s'il vire à l'égoïsme pur, Thomas reste convaincu qu'il doit rassurer le gosse. A 8 ans, on n'a pas à subir des éclats de colère et de vaisselles.

Le long du couloir, le sans-cœur réfléchit aux mots qu'il pourrait prononcer pour apaiser son garçon. Devant la porte de la chambre close, il n'a pas le courage de rentrer. Enfin, pas immédiatement. Il reste sur le seuil, attendant une étincelle d'inspiration qui ne viendra jamais. Il lui faut prendre le temps de peser chaque mot pour arrondir les angles et dédramatiser la situation. Si toutefois son fils le lui permet.

Il bredouille quelques mots difficilement. Alors qu'il perçoit les bris de vaisselles depuis la cuisine, Thomas se rétracte finalement. Par pure lâcheté. Il vient de tendre l'oreille, Maël ne semble pas pleurer – les enfants sont bien plus forts qu'on peut le croire. Ce qu'il ignore, c'est que son faux-fuyant n'a pas de public. À l'intérieur de la chambre, il n'y a personne. Maël n'est plus ici.

TRANSACTION

De retour dans mon jardin à côté de la balançoire de Maël

À travers les quelques lignes de Tomato, je viens d'assister à mon dernier soir de l'autre côté. Les derniers instants qui concluent un long chemin jalonné d'impostures et de duplicités. Pour être honnête, je crois avoir mérité la fureur d'Olga. J'ai pris la fuite mais pas pour aller travailler. C'est un mensonge de plus, pour un hypocrite en bout de course. La mauvaise foi qui habite le Thomas d'avant fait froid dans le dos. J'ai écrit à cette Alice. Je pense que ma femme s'en doutait. Je devais rejoindre ma maîtresse. Peut-être davantage sous la contrainte que par envie ? À moins que ce ne soit pour ces deux raisons à la fois ? Je n'en sais rien.

Est-ce qu'il arrive un moment où la vérité et le mensonge s'épousent pour ne former qu'un tunnel opaque qui débouche forcément sur une impasse – ou un tragique accident ? Est-ce qu'une part de moi préférait aller et venir entre les reins d'Alice, plutôt que d'étouffer à la maison ? Est-ce que l'excitation de l'interdit n'est pas un remède à la monotonie de l'équilibre et de la raison – et ce, qu'importe le risque ? Définitivement, rien n'est totalement noir ou totalement blanc. Ce qui est sûr, c'est que j'ai bien merdé… Au point de piétiner une promesse faite à mon enfant pour caresser l'espoir de me sentir vivant. J'ai fait des choix qui endommagent le cœur et l'esprit de manière durable. J'ai fait preuve d'un égoïsme criant. Vis-à-vis de mon fils, de ma femme et du semblant de vie famille qu'il me restait à préserver.

Le vent qui s'engouffre sous la balançoire redouble d'intensité. Des rafales viennent fouetter Yann qui s'efforce de sécher les larmes de Maël. Tomato referme sa veste jusqu'au col, défiant le tumulte de la tramontane pour venir prendre place à côté de mon fils. Sous les bourrasques automnales, le Carnet Noir s'ouvre. Prêt à être noirci à l'encre de mes souvenirs perdus et de quelques secrets.

L'ami de la famille perçoit du mouvement vers la baie vitrée qui donne sur la piscine. Yann observe Olga qui fait les cent pas à l'intérieur. Pendue au téléphone, elle longe le salon. Elle affiche un air renfrogné, ma femme est anxieuse. Les appels se multiplient à la maison. Les proches collaborateurs ayant le numéro du domicile la contactent à répétition. L'équipe ne sait plus quoi faire. L'absence du boss devient inquiétante. Par-dessus tout, elle bloque rapidement le fonctionnement de la société. Sans son despote, le cabinet est à la dérive, privé de la poigne de fer de Monsieur Garnier. Si ma femme est restée évasive jusqu'ici, elle estime qu'il est temps de clarifier la situation auprès des effectifs. Le secret n'a plus lieu d'être préservé. À ses yeux, mon état semble scellé.

En songeant à ce qu'elle doit faire, Olga se décompose. Après avoir raccroché, elle se glisse dehors en direction de la balançoire. À chaque pas, elle tente de se ressaisir. Oui, Olga est une battante. Yann abandonne Maël pour venir à la rencontre de ma femme. Il pressent ce qu'il va se produire. Elle semble maintenant déterminée, la décision est prise. Ils en discutent en aparté.

— C'était encore le cabinet. Il y a urgence.
— Tu leur as dit ?
— Non, pas encore. Mais ça ne peut plus durer.
— Tu veux faire ça aujourd'hui ?
— Cette boîte a bousillé ma vie, elle a dévoré Thomas.
— Et comment tu vas faire ?
— Il faut que j'y aille. Je n'ai pas le choix.
— Rien ne presse. Attendons de voir ce que dit l'hôpital.
— Tu étais là, tu as entendu comme moi le médecin.
— Olga… Bébé…
— Chut… Pas devant Maël.
— Pardon…
— Son entreprise c'était toute sa vie. Je dois m'en charger.
— Tu as certainement raison. Mais qu'est-ce que tu vas faire ?
— Faire ce qu'il y a de mieux.
— Tu veux que je reste ici pour garder Maël ? Le pauvre, ça ne va pas fort pour lui.
— Tu es adorable.
— C'est normal… Un bisou ?
— Pas ici.

Qu'est-ce qu'elle va faire de ma boîte ? Après tout, elle peut bien détruire mon empire ou le maintenir à flot… Je crois bien que je m'en balance. Je ne sais pas ce qui me fait le plus souffrir. Le fait qu'elle soit convaincue que je ne reviendrai jamais ou la lueur de soulagement qu'elle camoufle en effleurant cette idée. Après avoir étreint notre fils désolé, elle tourne les talons. Olga se réfugie dans le Q7 et détale sans tarder. Yann retrouve Maël et son coffret bleu. Bien décidé à lui changer les idées pendant que sa mère prend les devants pour l'avenir de ma société.

D'un mouvement du menton, Tomato m'indique de jeter un œil en face vers Charles – que j'avais presque oublié. Tout en déchirant la page de ma prochaine lecture, il scrute la Volvo. De l'autre côté de la rue, sagement tapi dans sa berline, Charles observe le manège. Le 4x4 d'Olga quitte l'allée. L'Audi s'éloigne à l'horizon. Le grand black abandonne ses pelures de clémentines pour traverser la route. Avec une démarche alerte, un grand sourire au coin des lèvres. Un rictus malveillant accompagne son geste. Il vient de déposer dans la boîte aux lettres la feuille froissée qu'il conservait précieusement dans sa poche. Celle que la Cible avait récupérée dans mon blouson.

— Bonne lecture, les Garnier. Il va y avoir du sport.

Après avoir commis son méfait, Charles regagne la Volvo. Fier d'avoir saisi l'occasion de mettre à terre son odieux patron, il s'installe au volant. Curieux, T.K. s'approche du véhicule pour se glisser sur la banquette arrière. Je n'ai pas d'autre choix que de suivre le mouvement. Je suis inexorablement attiré vers la voiture pour découvrir ce que mon ex-employé mijote de son côté. Avant de mettre le contact, il se frotte les mains en pensant aux dégâts qu'il va m'infliger. Je l'ignore, mais le plan ne fait que commencer. La mécanique est en place. Ce n'est qu'une partie d'un stratagème bien plus vaste. Alors que Charles passe un appel, il contemple le disque dur laissé sur le siège passager. Un petit regard dans le rétroviseur avec un sourire qui en dit long. Il est impeccable comme toujours. A l'autre bout du fil, on décroche :

— *Oui ?*
— C'est moi. J'ai vos infos.
— *Parfait. Je dois passer au bureau de Garnier, justement.*

— Je vous entends là-bas.

— *Il est fini. Je ne serai pas longue.*

— Excellent, la balle est dans votre camp.

— *Tout est enclenché. Je viens annoncer que mes clients coupent les budgets.*

— Très bien. Rendez-vous sur le parking, dernier niveau.

— *Pourquoi sur le parking ?*

— Je n'y travaille plus. Ce connard m'a viré.

— *Comment ça ? Mais vous avez pu tout récupérer ?*

— Oui, j'ai tout. Il n'était pas là aujourd'hui. On entre là-dedans comme dans un moulin.

— *Tant mieux. Je transmets à mes clients. C'est une excellente nouvelle.*

— Je vous retrouve là-bas. N'oubliez pas l'argent. Je vous livre directement les données et je disparais.

— *Charles, mes clients vous remercient par avance.*

— Alice ?

— *Oui ?*

— Ne m'enfumez pas. Pas d'entourloupe.

RENCONTRE AU 17E

Deux femmes, un même mensonge

Charles va vendre mes données à Alice ! Quelle petite crevure. Elle et ce bouffeur de fruits complotaient peut-être depuis le début ! Ils se sont entendus pour descendre ma société et réduire ma vie en cendre. Est-ce qu'ils ont également organisé ma mise à mort ? Plus rien ne m'étonne. L'instant d'avant, j'étais sur la banquette arrière d'une Volvo en train d'écouter cette pourriture de Charles. Et maintenant je me retrouve dans l'immeuble de ma société. À mes côtés, Tomato s'affale dans un des fauteuils de la salle d'attente. Il est pâle. Il ne dit rien. Le môme semble avoir un coup de fatigue alors que j'ai justement besoin de ses lumières. Juste devant moi, il y a Olga qui avance d'un pas décidé. Au milieu du couloir, elle croise silencieusement mes employés qui fonctionnent au ralenti.

J'assiste à un ballet inutile de fantômes tenus en laisse. Des costumes vides, des tailleurs dépourvus de vie qui errent sans but ni logique. Le navire est laissé à l'abandon, tout le monde fait semblant en attendant que le cabinet chavire pour de bon. Les bruits de couloirs se répandent à grande vitesse : la femme du patron est là. Olga passe la tête dans le bureau d'une certaine Julie. La responsable des analystes, si j'en crois la petite plaque qui orne la porte de son box. La jeune femme semble être une des rares à maintenir son rythme de travail. Son visage ne m'évoque rien. Petites lunettes rectilignes, cheveux bruns tirés, chemisier strictement fermé jusqu'au col, le nez plongé dans son écran : elle est dans sa bulle. Olga se racle la gorge dans le but de signaler sa présence.

— Oh Madame Garnier ! Monsieur Garnier n'est pas là.
— Bonjour Julie. Justement. J'aimerais voir tout le monde en salle de réunion.
— Euh…
— S'il vous plaît. La salle N° 2.
— Oui très bien. Je prépare la réunion pour quelle heure ?
— Immédiatement.

En l'espace de deux minutes, l'information est transmise. Tout le bureau s'organise et chacun rejoint la pièce dans laquelle les attend Olga. Debout face à toute l'équipe, elle reste distante. Dévisageant un à un les membres du cabinet pour ne pas se laisser impressionner. Il y a les stressés, persuadés d'être sur la sellette. Il y a les dévoués, équipés d'un bloc pour prendre des notes. Il y a les plaisantins qui se contrefoutent de tout. Et il y a les inquiets, ceux qui savent que la présence de ma femme ne présage rien de bon. Ceux qui savent que je ne suis pas joignable, et que la société a besoin de moi pour avancer.

Olga se pince les lèvres tout en croisant les doigts. On se regarde en chien de faïence pendant une seconde qui prend des allures d'éternité. Le silence s'installe et paralyse la salle. Elle prend une inspiration pour trouver la force d'annoncer :

— Merci d'avoir fait aussi vite. Je vous ai fait venir car… Je tenais à vous informer… En personne que…

Elle songe un instant à ces mots qui vont tout changer pour mes salariés muselés :

— Monsieur Garnier a été victime d'un accident de la route.

— …

L'effroi tétanise tous les membres dans l'assistance. Personne n'ose broncher. On surprend des regards inquiets, des yeux écarquillés et des sourcils relevés. Chacun écoute attentivement ce que la femme du patron est sur le point de révéler :

— Son état est sérieux. Je ne vais pas rentrer dans les détails. Mais sachez qu'il ne pourra pas reprendre l'activité avant un certain temps.

— …

Elle scrute un à un les collaborateurs avant de continuer sur le ton de la confidence :

— Je connais Thomas depuis… Depuis… Depuis toujours en fait… Vous savez que ce bureau est toute sa vie…. Je suis bien placée pour vous dire que… Le cabinet est tout ce qui compte à ses yeux Cette société, il l'a aimée par-dessus tout.

— …

— Alors on va essayer de garder le cap en attendant. Je ne suis pas une spécialiste mais je vous propose de tout tenter afin de structurer l'entreprise… Pour fonctionner normalement… En son absence.

Un silence incrédule plane sur la salle de réunion. Soudain, un jeune loup aux cheveux gominés s'inquiète :

— Mais comment ? Et les projets en cours ?

— Je veux que vous désigniez un référent capable de prendre contact avec tous les clients. Quelqu'un qui puisse expliquer la situation et préserver les relations intactes. Qui dirige en l'absence de Thomas ?

Tout le monde se regarde dans le blanc de l'œil. Cette société n'est menée que par un seul homme. Un tyran qui contrôle absolument tout à l'excès. Sans lui, tout s'effondre. Enfin une voix timide s'élève au fond, la fameuse Julie objecte :

— Charles aurait pu…

— Qui est ce Charles ? Où est-il ?

— Personne ne sait madame, il seconde Monsieur Garnier sur les dossiers sensibles.

— Il est l'assistant de Thomas, et personne ne sait où se trouve cet homme ?

— Il est discret… On ne l'a pas vu depuis plusieurs jours…

L'allocution d'Olga est interrompue par un brouhaha qui provient du couloir. Un des salariés passe la tête pour en avoir le cœur net. C'est bien ça : il y a quelqu'un. Au fond de la salle, une jeune femme pénètre énergiquement. Belle, brune, élégante et piquante. Alice croise la route de ma femme.

— Excusez-moi ? Je cherche Monsieur Garnier, c'est urgent. Il est injoignable. Je suis très mécontente !

L'annonce glace l'équipe entière. La plus grosse cliente du cabinet semble furieuse au point de vouloir s'expliquer sur place. Un silence étrange règne ici. Alice reste plantée debout, elle exige des réponses. Olga met en un terme à la réunion, le petit monde se dissipe en silence. Les salariés prennent congé en exprimant à voix basses leur soutien en sortant de la pièce. Il ne reste qu'Olga et ma maîtresse. Face à face. Ma femme dévisage Alice après l'avoir scruté de bas en haut.

— Et vous êtes ?
— Alice Ramos. Je collabore… Enfin, je collaborais avec Thomas sur le projet Aeroteck 2.
— Vous collaboriez ?
— Je viens mettre un terme à la prestation. Il n'aurait pas dû faire la sourde oreille.
— Écoutez, ça tombe mal… Vous…
— J'ai prévenu Thomas à plusieurs reprises. Il n'en a fait qu'à sa tête. Mes clients ne suivent plus. Les budgets sont coupés.

Cette garce d'Alice avait tout manigancé. Elle est sur le point de mettre ses menaces à exécution. Face à l'agressivité, Olga siffle entre les dents :

— Monsieur Garnier a eu un grave accident. Je suis sa femme. Ça ne peut pas attendre ?
— Oh ? Comment ! ?

La respiration d'Alice se coupe. Ses yeux s'emplissent de larmes. Elle ne veut rien laisser paraître mais elle n'y parvient pas. Elle reçoit la nouvelle comme une onde de choc. Ma maîtresse fait un mouvement de recul, cherchant à tâtons la cloison pour garder l'équilibre et ne pas vaciller. Elle s'inquiète :

— Oh… Je… Comment va-t-il ? Qu'est-ce qu'il s'est passé ?
— Son état est critique. Suffisamment pour que vous clients soient obligés de patienter.
— Je l'ignorais… Je… Je suis profondément désolée, Madame Garnier.

— Je vous remercie. Nous nous efforçons de faire face.

— J'espère qu'il va s'en remettre rapidement.

— Je… Je l'espère aussi… Mais… Les médecins sont pessimistes.

Alice ne peut retenir sa détresse. Derrière le pessimisme du corps médical, se cache l'expression d'une fatalité. Elle pose sa main sur la poitrine, elle a du mal à respirer. Le choc de l'annonce la bouleverse.

— Je… Je… Ne sais pas quoi dire. Je suis bouleversée. C'est si grave que ça ?

— Il a été victime d'un accident de moto.

— Oh mon Dieu. Je suis… Je…

— Il est en réanimation. Plongé dans le coma.

— C'est horrible… Madame Garnier… Je suis de tout cœur avec vous…

— …

Le silence engendre une douleur commune. Ma femme souffre. Alice est anéantie. Je suis dans le doute. Il n'y a plus rien à ajouter. La sonnerie d'une notification vient entrecouper ce blanc angoissant. Un SMS reçu sur le mobile de ma maîtresse.

Message de Charles : Je suis en bas.

Le texto vient à point nommé. Alice n'a qu'une seule envie : s'éclipser afin de pouvoir s'effondrer à l'abri des regards.

— Excusez-moi… Je… J'ai… Une urgence.

— Faites… Nous devrions nous revoir… Pour reparler de votre contrat…

— … Nous en rediscuterons. Tout ça peut attendre… Vous avez d'autres priorités.

Sur le seuil de la porte de la salle de réunion, la jeune femme se retourne une dernière fois. En tentant de réprimer les trémolos dans sa voix, elle conclut :

— … Si je peux faire quoi que ce soit pour vous aider…

Alice est sur le point de quitter l'étage. Elle passe devant le fauteuil sur lequel Tomato récupère sagement. Elle a les yeux rougis, hoquetant le plus discrètement possible. Cramponnée à la barre de maintien, elle attend que les maudites portes de l'ascenseur se referment. Pour se laisser aller à une douleur nocive et à une détresse sans fond.

Et maintenant ? Que se passe-t-il ? Je ne suis pas plus avancé. Est-ce que je dois la suivre ? Est-ce que je dois rester avec ma femme ? Je scrute le visage de T.K. dans l'espoir qu'il puisse m'apporter une réponse depuis son fauteuil. Il semble simplement décompter à haute voix. « 3… 2… 1… 0 » Enfin, il pointe du doigt le couloir pour me prévenir :

— Tout s'accélère.

Au même moment, dans la salle de réunion, le smartphone d'Olga se manifeste. Elle prend l'appel sans attendre. À l'autre bout du fil, on distingue des hurlements. Les cris déchirants d'un enfant :

— Yann ? Que se passe-t-il ?
— C'est Maël…
— Qu'est-ce qu'il a ? Mon bébé ! Dis-moi que tout va bien ?
— Il… Il… Il se griffe le visage et les bras. Il hurle à la mort. Olga… Ça ne va pas du tout ! Je ne sais pas quoi faire !
— Protège-le ! Empêche-le de se faire du mal ! J'arrive !

LIVRAISON

Retour en urgence chez moi pour voir Maël

Le petit pète un plomb. Maël a l'air d'être en proie à une crise d'angoisse phénoménale. Il avait tenu bon jusque-là, mais la situation est bien trop lourde à supporter pour un enfant de 8 ans. À l'instar d'Olga, je suis inquiet. Très inquiet. J'ai un mauvais pressentiment. Une sorte de souffle glacé, qui prend naissance dans l'estomac pour venir mordre les organes et les os avant de se cristalliser dans la poitrine et m'empêcher de respirer. J'espère que Maël n'a rien fait de grave et que Yann va parvenir à le rassurer. Olga s'excuse auprès de Julie et se hâte de rejoindre l'ascenseur. Ma femme a le souffle court, redoutant le pire. Elle s'excite sur le bouton d'appel. Dans ces moments-là, rien ne va assez vite. Tomato en profite pour refaire ses lacets et resserrer ses Reebok en activant le « Pump ». Il défroisse sa veste de jogging et fait quelques mouvements pour détendre sa nuque avant de me prévenir :

— Il va falloir t'accrocher, mon vieux.

— Tu me fais peur ! Qu'est-ce que ça veut… ?

D'un coup d'épaule, ma femme ouvre la double porte qui mène à la cage d'escalier. Elle ne peut pas attendre. Elle dévale les marches à en perdre haleine. T.K. se précipite pour faire de même. Je m'efforce de descendre les étages aussi vite que possible pour suivre le rythme. Les talons claquent à grande vitesse entre chaque palier. J'entends les sanglots de ma femme apeurée et le son des clés lorsqu'elle se précipite vers le parking.

Le Q7 est déverrouillé. Un dernier sprint vers l'Audi. Tomato reste immobile dans l'allée centrale. Il la laisse partir. C'est insensé. D'un geste de la main, il me contraint à rester sur place. Je ne peux plus bouger, il vient de me figer. Comme ça. Sans raison. Je ne peux qu'observer Olga qui se jette à l'intérieur du 4x4. Le moteur hurle. Elle s'arrache dans un crissement strident. Et je contemple son départ sans pouvoir agir.

— Qu'est-ce que tu me fais ! T.K. ! Mon fils ! Je dois voir mon fils !
— Regarde…

Alors que je suis furieux d'être retenu contre ma volonté, j'aperçois au fond du parking une ombre qui se dirige au dernier sous-sol. De quoi s'agit-il ? Je retrouve à nouveau ma mobilité. Tomato se met en route, il m'intime de le suivre. Ai-je vraiment le choix ? Dans un coin sombre, une berline attend. L'ombre se glisse entre les véhicules en évitant d'être vue. Jusqu'à ce qu'un néon dévoile la silhouette d'Alice. Elle parcourt du regard les enfilades de places et les voitures vides avant de pénétrer à bord du véhicule. Une Volvo sombre.

À l'intérieur, cet imposteur de Charles l'y attend. Tomato me prend par la main et on se retrouve à l'arrière en un battement.

— Vous êtes en retard. Personne ne vous a suivi ?
— J'ai pris mes précautions.
— Vous avez l'air tendu. Vous avez pleuré ?
— Charles, on a un problème.
— Quel problème ? Je croyais que tout était réglé !
— Tout est annulé.

Les poings de mon ancien assistant se serrent, son visage se crispe. Il frappe rageusement sur le volant en haussant le ton :

— Je ne veux rien savoir ! J'ai fait ma part du boulot ! Voici le disque dur.
— Ça change tout…
— Je m'en fiche ! J'ai perdu mon emploi pour obtenir ces données !
— On ne pourra plus le faire chanter.
— C'est pas mon problème ! Je veux mon fric. Je ne pars pas d'ici sans mon argent. On avait un accord.
— Ce n'est pas une question d'argent.
— C'est tout le contraire ! C'est simplement une histoire de fric.
— Inutile d'activer la fermeture centralisée pour me séquestrer.
— Payez-moi. Payez-moi maintenant.
— J'ai votre argent. Ouvrez cette voiture.
— Je n'aime pas les changements de dernières minutes. Donnez-moi mon pognon et dites-moi ce qu'il se passe.
— Je n'ai rien à vous dire.
— Je dois disparaître et me faire discret. Je veux savoir ce que je fuis.
— Tenez… Le voici votre argent. Tout ça n'a rien à voir avec vous. C'est juste que…
— Quoi ?
— Garnier est hors course.
— La belle affaire ! C'est ce qu'on voulait.

— Il a eu un grave accident.
— Non ? Un accident ?
— La situation nous échappe…
— C'est vous ?
— Pas du tout ! Qu'est-ce que vous allez chercher !
— C'est pour ça qu'il n'était pas au bureau… C'est grave ?
— Il est dans le coma. Je vais le perdre.
— Dans le coma ? Merde…
— Il ne reviendra pas. Je le sens. Je viens de parler à sa femme.

Charles jette un œil à l'enveloppe avant de la refermer délicatement, il y a le compte. Puis il confie à Alice :

— Pour vous deux… Je suis au courant…
— Comment ? Mais ? !
— J'ai dérobé toutes ses données. J'ai eu accès à ses comptes e-mail entre autres.
— Ne parlez à personne de notre liaison.
— Je pense que c'est un peu tard…
— Comment ça ? Je peux savoir ce que vous insinuez ?

Avant d'annoncer la suite, Charles glisse l'argent à l'intérieur de sa veste puis il se passe les mains sur le visage en soufflant un grand coup. Alice le fixe, incrédule et anxieuse. Il confie enfin :

— Je crois que j'ai fait une connerie.
— Charles ? Vous me faites peur.
— Sa femme est en possession de votre lettre.
— Quoi ! ? Charles ! Nom de Dieu ! C'est pas vrai ?
— Ce connard m'a humilié. Il a été infect… Après avoir bousillé sa société avec votre aide, je voulais piétiner son couple.
— Comment avez-vous eu la lettre ?

— Je suis tombé dessus dans son bureau. Une vulgaire boule papier qui trainait… J'ai vu l'occasion de l'achever… Je ne savais pas qu'il était…

— Vous n'avez pas fait ça ! Merde ! Charles ? Je viens de croiser sa femme !

— Elle ne l'a peut-être pas encore lu. J'ai déposé votre charmant courrier dans sa boîte juste avant notre petit rendez-vous.

— Quel merdier ! Ce n'est pas possible !

— À votre place, je me dépêcherais…

RÉVÉLATION

Le début d'une pleine conscience

J'ai la confirmation que Charles est une raclure de la pire espèce. Et alors ? J'ai le sentiment qu'Alice nourrissait d'autres espoirs pour notre relation. Oui mais lesquels ? Quel est le lien avec le soir de l'accident ? Pourquoi me pleurer maintenant alors qu'elle conspirait jusqu'à présent ? Encore des questions. Encore des doutes. Mais pour l'instant, je n'ai qu'une envie : voir mon fils et m'assurer qu'il va bien. Tomato me lance :

— Viens l'ignorant… On va voir Maël.

En un éclair, lui et moi sommes debout sur l'allée devant la porte du garage. Nous nous retrouvons instantanément devant ma maison. Au même moment, le 4x4 d'Olga pile brutalement devant l'entrée. Elle en descend à toute vitesse. On entend les cris de mon fils depuis la rue. Maël hurle aussi fort qu'il le peut. Imaginant le pire, ma femme débarque dans le salon et je m'y engouffre à mon tour. On découvre ensemble l'angoisse et l'urgence de la situation. Le petit est assis au centre, sur la table basse. Yann est pétrifié. Juste à côté. Il ne sait plus quoi faire. L'Ami de la famille a les mains grandes ouvertes pour indiquer à ma femme de rester calme. Olga retient un cri de stupeur. Le visage du gamin est salement griffé. Sous la gorge de mon fils, il y a un coteau de cuisine dont la lame menace la jugulaire.

— Laissez-moi ! N'approchez pas !
— Maël ! Ne fais pas ça ! Pose ce couteau.

Elle tente d'avancer lentement vers le petit qui exhibe le coutelas placé sur son cou. Elle se montre calme, douce et rassurante mais en réalité, elle n'en mène pas large.

— Trésor. Ecoute-moi. Regarde-moi dans les yeux.
— Je veux rejoindre papa. Tout et de ma faute !
— Arrête… Mon trésor. Ecoute-moi… On va discuter…
— Je veux pas parler. N'approche pas ou je me le plante !
— OK… Je ne bouge pas. Je ne bouge pas.

Yann, profite de la présence d'Olga pour avancer à son tour le plus discrètement possible. Mais Maël a l'œil.

— J'ai dit de pas bouger !
— Non Maël ! Yann ne va pas bouger, c'est promis.
— Je vais le faire !
— Maël… Regarde-moi. Pitié. Regarde-moi, mon Maël.
— Personne ne m'écoute !
— Mais, si on t'écoute mon chéri. On est là… Pose ça… S'il te plaît…
— Je m'en veux ! Je veux voir papa ! Je veux qu'il revienne. Je veux qu'il revienne.
— On va aller le voir. Pose ce couteau. On… On y va. On ira autant de fois qu'il le faut.

À force de patience, Olga parvient à ses fins. Le petit abandonne finalement son couteau. D'un bond, Yann s'en empare, dans l'idée de mettre la lame à l'abri sur le plan de travail dans la cuisine attenante. Olga se précipite sur mon fils pour le prendre dans ses bras. Tous les deux assis par terre, ils baignent dans les larmes et la douleur de me savoir dans le coma.

Assister à la scène sans être physiquement présent est une torture. L'impuissance est un sentiment insupportable de ce côté. Je le vois dévasté. Je vois ma femme complètement sonnée. Je ne vois que de la confusion. Des émotions contradictoires. De la souffrance. Une culpabilité infondée. Des remords qui me hantent autour de ce qui ne peut être changé. La détresse de mon fils est un supplice. Sa peine me brise. Je ne suis que des cendres. Son calvaire est mon autodafé, je m'y perds, ça me dévore. Autour de ce bûcher abject alimenté par le chagrin, Tomato se contente de prendre des notes, le nez plongé dans son Carnet Noir. Encore et toujours. J'aimerais qu'il me soutienne, mais il est totalement dépourvu de compassion. Est-ce que ça doit me rassurer ? Est-ce que son détachement signifie que tout va s'arranger ? Je sais qu'il Sait. Tomato sait tout. Mais il ne me dit rien.

— T.K. aide-moi…
— Et comment ? Je ne suis pas là pour ça.
— Donne-moi un indice. Une piste. Un signe… J'en sais rien !
— Qu'est-ce que tu veux savoir ?
— Dis-moi que ça va aller pour lui.
— Je te prépare de la lecture…
— Dis-moi qu'ils vont s'en remettre. Qu'il sera heureux un jour.
— Même si je le voulais, je ne pourrais rien te dévoiler. Pas maintenant.

Une fois ses tourments apaisés par une maman plus proche que jamais, Maël s'endort sur le canapé. Yann ne sait pas sur quel pied danser. Il cherche à rassurer Olga. Maladroitement. Il s'en veut de ne pas avoir été capable de gérer la crise, seul. Et en même temps, il a conscience qu'il n'est qu'une pièce rapportée. Voici les limites de son rêve. Il n'est pas réellement avec elle. Il n'est pas le père de Maël. Yann est, et reste… l'Ami de la famille.

Ma femme ne sait plus où elle en est. Éreintée par le pire qu'elle vient d'éviter, elle a le regard dans le vague. Assise à l'autre bout de la pièce, elle fait face à notre garçon épuisé sur l'immense canapé. Elle s'imagine ce qu'il lui reste à traverser. Elle envisage la suite. Des épreuves et des instants rudes. Il va falloir en finir avec tout ça. Tôt ou tard, si je ne reviens pas. Clôturer ou vendre l'entreprise. Faire toutes les démarches. Se séparer de la maison. Changer de vie. Porter le deuil. Passer à autre chose en me classant lentement dans ses souvenirs. Elle a du mal avec l'idée, c'est ce que je ressens. Olga est tiraillée par des sentiments contrastés. Son cœur oscille entre la peur de me perdre et la conviction que je n'ai jamais été à la hauteur. Yann vient perturber ses réflexions. Il semble gêné. Voilà cinq bonnes minutes qu'il tourne dans le salon sans parvenir à se décider. Il affiche le visage de celui qui doit agir à contrecœur. Il s'arme de courage pour se jeter à l'eau :

— Olga… Il faut que je te parle d'une chose…
— On ne peut pas faire une pause pour ce soir ? Je crois que j'ai eu ma dose…
— Je crois que c'est important…

Il s'installe tout prêt d'Olga. Tout en contemplant l'immense salon, et le petit Maël profondément endormi avant de reprendre :

— J'ai bien pesé le pour et le contre. Je voulais te préserver…

— Me préserver de quoi ?

— Je ne veux pas passer pour… Bref… Je pense que tu dois savoir.

— Quoi ? Yann ? Que se passe-t-il ?

— En ton absence… Avant que Maël ne….

— Dis-moi ?

— J'ai ramassé ton courrier…

— Oui ?

— J'ai trouvé ça…

Dans les mains de l'Ami de la famille, la fameuse lettre déposée par Charles. Sous les yeux luisants de ma femme, les mots défilent. Des mots difficiles à encaisser. Une lettre de ma maîtresse, qui commence comme ça :

« Thomas, ce que je m'apprête à te dire est à la fois terrifiant et exaltant… »

Tomato vient se poster à mes côtés, pour me procurer une nouvelle page volante issue du Carnet Noir. Il insiste, c'est à propos de la lettre. Je sais que ça va secouer. J'inspire profondément. Je me plonge entre ses lignes que j'imagine amères, en redoutant la suite.

LA LETTRE
Chronique du Carnet Noir

Le jour de l'accident.
13 h 15, quelques heures avant l'impact…
Les draps sont défaits, le lit revêt des allures de ring. Mais le combat est déjà terminé. Les oreillers portent encore les stigmates d'un ébat torride. Le matelas est tiède. Le duel vient d'avoir lieu, et il y a forcément un vaincu. Ici, on s'est avoué quelques sentiments à grand renfort de coups de mouvements de bassins, sans vraiment pouvoir en parler. Et c'est avec une amère déception qu'elle essuie sa défaite. Elle aurait aimé qu'il change. Tout simplement, qu'il puisse la comprendre. Dans la salle de bains attenante, Thomas prend une douche après son rapport musclé. Il a la tête ailleurs. Déjà projeté dans ses réunions et son agenda pour le reste de la journée.

Alice, elle, ne supporte plus cette situation. Ses dernières tentatives sincères lui restent en travers de la gorge. Il n'est pas disponible pour elle. Il n'a pas besoin d'une relation sérieuse. Dans la vie de ce mec, il n'y a pas la place pour se prendre la tête. Elle ne compte pas. Elle peut se soumettre. Elle peut le surprendre. Elle peut tout donner, jusqu'à perdre sa dignité. Elle peut le brusquer : rien n'y fait. Dans sa robe de chambre en satin, la maîtresse regagne la cuisine pour se servir un verre de vin blanc en essayant de se faire une raison.

13 h 15, il reste une demi-heure avant que la vie ne reprenne son court. Lui de son côté, ira travailler dur dans un tourbillon d'affaires enivrant. Thomas l'aura oublié. Thomas passera à autre chose. Elle, seule dans son appartement, attendra un autre instant volé. Elle, luttera avec ses instincts. En rêvant de 60 minutes purement charnelles durant lesquelles Thomas sera à nouveau à elle. Ou d'une réunion qui débordera sur un cinq à sept sulfureux. Elle porte le verre à sa bouche et retient une larme provoquée par la désillusion. Elle sait qu'elle le perd. D'ailleurs, a-t-elle eu la moindre chance de l'avoir ? Que peut-elle bien faire pour changer la donne ?

La douche coule encore, son amant n'a pas terminé. Elle prend alors la décision. Un bout de papier et un stylo pour un engagement radical. S'il ne peut pas entendre ce qu'elle doit lui dire, elle pourra au moins tenter de lui écrire. Elle ne parvient peut-être pas à ouvrir son cœur à l'oral. Elle se dit qu'elle peut coucher ses états d'âme sur une feuille. Après tout… Qui ne tente rien n'a rien. La page reste sur la table quelques instants, témoin du « quitte ou double » qu'elle est sur le point de jouer. Elle l'observe, fébrile. Elle hésite. Puis finalement, Alice se lance.

« Thomas, ce que je m'apprête à te dire est à la fois terrifiant et exaltant. J'éprouve un grand soulagement en me livrant ainsi et en même temps… Je suis terriblement angoissée à l'idée que tu puisses me quitter. J'ai peur que mes mots restent sans réponse. Pire, j'ai peur de t'ouvrir mon cœur et que tu me repousses.

Jamais, je n'ai éprouvé quelque chose d'aussi fort. Thomas, je ne peux pas l'expliquer. C'est sans doute pour ça que j'ai du mal à en parler de vive voix. Je me lève en pensant à toi. Je me couche en pensant à toi. Tu as envahi toute ma vie. Toi qui n'en veux pas. Absolument tout me renvoie à toi, Thomas. Cette chanson qui passe à l'heure du déjeuner dans le hall de notre hôtel. L'odeur de ton parfum qu'un inconnu porte dans la rue. Un café serré. Un ascenseur. Le bruit d'une bécane au loin. Tout. Tout et n'importe quoi.

Je ne t'ai pas rencontré pour de bonnes raisons, ni dans les bonnes conditions. Je suis ta cliente. Mes propres clients ont tout intérêt à te garder sous contrôle. Tu n'imagines pas ce qu'ils sont prêts à faire pour te manipuler. Tu es loin de te douter de tout ce que j'ai fait pour te préserver. Notre relation génère un conflit d'intérêts, mais je m'en contrefiche. Si c'est pour toi, je suis prête à tout perdre et à prendre tous les risques. Je sais que tu ne vois dans notre relation que du plaisir et une échappatoire pour être en rupture avec ta vie de famille. Je sais que tu penses t'assurer de nouveaux marchés en me faisant l'amour. Tu te trompes lourdement. Je ne peux pas t'en dire davantage. En tout cas, moi, j'éprouve bien plus que ça.

Je dois t'avouer qu'il y a longtemps qu'on ne m'avait pas donné un tel plaisir. Je n'étais pas spécialement portée sur la chose avant de te rencontrer. Tu m'as rendu accro. Je ne peux plus m'en passer. Pour être exacte, je ne peux plus me passer de toi. Pour moi, tu n'es pas qu'un coup d'un soir. Tu n'es pas juste un amant. Tu n'es pas juste un prestataire. Je te trouve brillant, arrogant, parfois drôle et fragile. J'aime tout chez toi. C'est peut-être parce que je t'aime tout court. Je sais que je pourrais passer des années à t'aimer. Je ne veux plus me contenter de quelques instants dans le plus grand secret. Je veux plus. Je veux bien plus. À vrai dire, je veux tout.

Tu me dis te lasser de moi, mais je crois que tu as peur de franchir le pas. Tu as peur de laisser ta femme et ton enfant. Tu as peur de prendre des risques vis-à-vis de ta société. Je ne sais pas si tu te rends compte… Mais tu as déjà fait ce choix, en partie. En fuyant ton domicile pour te réfugier dans mes bras, tu as déjà fait un pas. J'aimerais tellement que tu continues dans cette direction.

À l'heure où je t'écris, je me mets à la place de ta femme. Je l'imagine découvrir le pot aux roses. En tant qu'épouse, je crois que je ne le supporterai pas. Thomas, je ne suis pas une briseuse de couple. Je ne suis pas une garce. Je suis simplement amoureuse de toi. On a déjà tellement vécu de choses. C'était tellement bon. Ne faut-il pas mettre à plat notre situation et avouer à ta femme les choses telles qu'elles sont ?

Tu sais que mes clients sont redoutables. Et je regrette de t'avoir connu dans le cadre professionnel. Je ne peux pas te protéger plus longtemps, je ne suis qu'un instrument dans leur stratégie. Ils iront jusqu'au bout, s'il le faut. Ces gens-là ne plaisantent pas avec les affaires, tu es dans leur collimateur. Le fait même d'écrire cette lettre me met personnellement en danger. Si je peux te donner un conseil, quoi qu'il arrive : soit prudent avec le projet Aeroteck 2.

Alors voilà, Thomas… Je sais que tu as dit que tu ne voulais plus de moi. Je sais que tu as dit que tu étouffais chez toi. Je ne te force pas la main, mais si tu veux que notre histoire en devienne une, j'aimerais que tu prennes la décision de tout quitter. Pour qu'on puisse vivre pleinement notre relation en partant sur de nouvelles bases. Je te suivrais n'importe où et à n'importe quelles conditions. Pourvu que tu m'aimes.

Alice. »

L'eau ne coule plus dans la salle de bains, il vient de terminer. Thomas est en costume, c'est un homme neuf. Revigoré par une petite partie de jambes en l'air bien sympathique, il a une pêche d'enfer. Il s'apprête à quitter l'appartement de sa maîtresse, le cœur léger – mais pas que… Prêt à travailler comme jamais.

— Je n'avais pas vu l'heure, il faut que j'y aille.

— Déjà ? Le temps passe trop vite.

— C'était… Ça m'a fait un bien fou… On se revoit quand ?

— Tout dépend de toi…

— Attends, je me connecte à mon agenda.

— Je ne parle pas de planning…

— Qu'est-ce que tu me fais ?

— Je veux que tu lises ce que je viens de t'écrire…

— C'est quoi ?

— Ce dont on n'arrive pas à parler…

— J'ai pas le temps-là… Je vais être en retard.
— Lis ! Maintenant.
— …
— S'il te plaît, Thomas.

Il pose alors les yeux sur ce que sa maîtresse vient de rédiger. Il ne dit rien. Imperturbable dans sa lecture. Elle aimerait y déceler un sourire. Une micro-expression qu'elle pourrait interpréter. Mais rien ne filtre. Au bout de cinq longues minutes, elle ne tient plus. La jeune femme demande :

— Qu'est-ce que tu en dis ?
— Absolument rien.

Il relève la tête, contrarié. Il plie la lettre en quatre et la glisse dans son portefeuille tout en reprenant :

— C'est pitoyable.
— Pardon ?
— Je crois que j'ai été clair.
— Justement, je ne trouve pas.

Thomas se dirige dans le salon pour récupérer le casque abandonné sur le canapé rouge. Légèrement appuyé contre le dossier, il insiste :

— Tu es obligée de m'écrire ce genre de conneries ? On dirait une gamine au collège. Épargne-moi ça, s'il te plaît. J'ai passé l'âge de lire des petits mots d'amour ridicules.
— Tu es dur avec moi. Tu me rejettes… Encore…
— Hé ! Je n'ai jamais dit qu'on allait faire notre vie ensemble, que je sache ?
— Tu n'as jamais dit que tu allais me traiter comme ça !
— On n'a pas d'avenir ensemble… C'est juste pour

le bon temps. C'est d'ailleurs pour ça que c'est agréable. Je trouve que c'est très bien comme ça. On est déjà allé trop loin… Beaucoup trop loin.

— Mais ça ne me suffit pas Thomas. Tu comprends ? J'en veux bien plus… Et tu vas me le donner !

— C'est mal me connaître.

— Je crois que tu n'imagines pas de quoi je suis capable.

La discussion s'éternise. Le débat s'envenime. Thomas sent la situation lui échapper. Il n'avait pas prévu d'être emmerdé à ce point. Il prend le temps de s'asseoir. Maintenant c'est clair, il va être en retard. Mais il tient à ce que les choses soient claires.

— Viens… Alice… Viens là.

Elle s'exécute. Ne sachant pas à quoi s'attendre puisque sa cause semble définitivement perdue et que son amant affiche un calme olympien. Thomas plante son regard dans les yeux noirs de la jeune femme :

— Regarde-moi bien.

— Thom…

— Parce que c'est la dernière fois que tu me vois.

— Mais Thomas tu…

— Laisse-moi finir.

— Mes clients vont te….

— J'en ai rien à foutre de tes clients. Je trouverai un arrangement.

— Tu ne devr…

— Tu vas bien m'écouter petite garce. Écoute bien parce que je ne vais pas me répéter. Personne ne me fait chanter. Personne ne me manipule. Si je dois faire plier tes clients, je le ferai. Si je dois te piétiner, je le ferai.

— Mais Thomas…

— Ce n'est pas ton petit mot qui va me faire

changer. Quelle innocence ! Tu pensais sincèrement qu'on allait partir en amoureux dans le soleil couchant ?

— Tu n'es pas obligé d'être aussi blessant.

— Tu penses vraiment que tu es si bonne au lit que je peux tout planter pour toi ? Tu croyais quoi ? Qu'en m'écrivant une petite lettre d'amour j'allais fondre comme un baba au rhum ? Tu te voyais déjà vivre à mes côtés ? Mais je te l'ai dit : je ne veux pas de ça.

— T'es un pur connard quand tu t'y mets ! Tais-toi !

— Non, c'est toi qui vas la fermer. Rentre-toi dans le crâne que tout est terminé. TER-MI-NE !

— Thomas, tu ne peux pas me remplacer !

— Mais bien sûr que si. Je vais traiter directement avec tes clients. Ne t'en fais pas pour moi. Ça me coûtera quelques pénalités et un nouveau contrat, mais je vais m'offrir le luxe de me passer de toi.

Thomas se lève. Il fixe la porte d'entrée. Dans quelques secondes, il la claquera pour de bon. Il va descendre cet immeuble, et il n'y remettra plus les pieds. Il laissera toute cette histoire derrière lui et trouvera les solutions pour rebondir. Alice, se lève à son tour. Elle vient de perdre l'unique chance d'obtenir ce qu'elle désire de manière pacifique. Le rapport de force bascule. L'attitude de la jeune femme change totalement :

— Que tu es naïf mon pauvre !

— Moi ? Naïf ?

— Tu veux jouer à ça ?

— Je ne joue pas. La partie est terminée.

— Tu es fini Thomas. Fini ! Tu m'entends ?

— J'aimerais bien voir ça. Je n'ai même pas à continuer cette discussion avec toi.

— Mes clients se cachent derrière une société écran. Tu as affaire à Stradford & Ernst, pauvre con.

— Stradford & Ernst ?

— Tu te prends pour un cador mais ils travaillent avec Charles !

— …

— Et oui… Ça t'en bouche un coin Monsieur je sais tout.

— Tu savais depuis le début ?

— J'ai tout fait pour te protéger, mais il est trop tard. Ils vont te réduire en bouillie.

— Comment ça « trop tard » ?

— Tu viens de me perdre. Et tu vas perdre ta boîte. Charles est sur le point de terminer sa mission.

Thomas laisse tomber son casque à terre, scotché par les révélations. Sa mâchoire est serrée si fort que ses molaires grincent. Il colle son front sur celui d'Alice. Son œil est noir. Elle vient de déclencher une fureur hors de tout contrôle :

— Quelle mission ?

— …

— Qu'est-ce qu'il fait ? Qui est Charles en réalité ? Réponds petite salope ! QUI EST CHARLES ?

— Doucement ! Tu me fais mal !

— Parle avant que je t'oblige à…

— C'est un freelance qui travaille pour eux. Un hacker, enfin un truc comme ça. Lâche-moi !

— Tu… Je vais…. Putain !

— Il doit me livrer toutes tes données. Je dois ensuite les remettre à mes clients. J'ai tout fait pour retarder la transaction. Mais tu ne me laisses pas le choix.

— Tu es la reine des garces !

— Voilà ce qu'il va arriver. Il n'y aura pas de trace. Tu ne pourras pas te retourner. Ils vont absorber toutes tes infos. Ils vont te couler et tu vas tout perdre.

— Tu te fous de moi ? C'est… C'est…

— Tu es dans la merde… Je te le confirme.

Thomas n'en revient pas. Il tourne comme une bête blessée dans le salon de sa maîtresse. Il se fait violence pour trouver la parade et tenter de réagir. Mais il n'y parvient pas. Le piège est redoutable, il n'y a pas d'esquive envisageable.

— Tu m'as bien baisé !
— Je n'ai pas voulu tout ça. Viens… Calme-toi… Ça va s'arranger…
— Ne me touche pas grognasse ! Ça va s'arranger ? Ça va s'arranger ? Tu te moques de qui ?
— On peut… On peut trouver un arrangement…
— C'est ça le fin mot ? … Combien ? Combien tu veux ? Je te paye de suite.
— … Ce n'est pas…
— Dis-moi combien tu veux ? Tu m'as baisé pour me soutirer du blé ! J'en ai vu des garces, mais là… C'est le bouquet. Alors ? J'attends. Donne-moi un prix que je te fasse un chèque. Je t'écoute ? Je veux que tu sortes de ma vie !

La partie vient encore de changer d'aspect, la phase de négociations se profile. Alice propose sans sourciller :

— Mon tarif, c'est toi.
— Quoi ?
— Toi.
— Moi ?
— Tu as bien compris.
— Mais qu'est-ce que tu veux bordel ?
— Je te veux, toi. Tous les midis, tous les soirs. Parfois le week-end. À chaque fois que j'en ai envie.
— Du sexe à la demande ?
— Pas que du sexe. Des petits moments aussi… Une vie de couple. Je veux que tu sois disponible pour moi.
— Mais je ne t'aime pas ! Tu imprimes ça ? Je ne sais même pas comment j'ai fait pour te… J'ai déjà une vie ! Merde !

— Je m'en fiche. Ce n'est pas mon problème. Je veux continuer à te voir. Je veux que tu me prennes. Comme tu l'as fait jusqu'à maintenant. Tu y mettras du tien… Je te fais confiance pour ça.
— Je… J'y… Oh… J'y crois pas ! Alice ?
— Thomas ?
— Tu es complètement fêlée !

Thomas reste immobile, le souffle court. Alice ne répond pas, elle n'ajoute rien. Exaspéré par la proposition complètement grotesque de sa maîtresse, il réalise qu'elle ne plaisante pas :

— Mais ma femme ? Tu y as pensé ? Ma vie ?
— Tu te débrouilles pour me donner ce que je veux. Je m'organise pour te sauver de la faillite.
— Va chier ! Va bien te faire foutre !

Furieux, il récupère son casque et s'échappe de l'appartement. Alice enfonce le clou avant qu'il ne claque la porte :

— Réfléchis bien ! Ça démarre dès ce soir. Je veux te voir ici à la tombée de la nuit !
— Merde ! C'est clair ?
— Je veux te voir à chaque fois que j'en ai envie ! Tu es prévenu !

FACE À FACE

De retour chez moi. Avec Olga et Yann

Je n'arrive pas à croire ce que je viens de lire. C'était donc ça ? Je me suis fait piéger par Alice et Charles. Un duo de pourris à la solde de Stradford & Ernst. J'étais au bord du précipice sans le voir venir. Est-ce que j'ai réussi à faire face ? Est-ce qu'il y avait un autre moyen de sauver ma boîte ? Est-ce qu'Alice a obtenu gain de cause ? Est-ce que je suis devenu une monnaie d'échange ? Est-ce que je suis retourné la voir le soir de l'accident ? J'envisage tout. J'en suis à imaginer les événements sous un angle différent. Tomato se trouve à côté de moi. Il faut que je sache :

— T.K. ? J'étais foutu ?
— C'était mal parti en tout cas.
— Et donc… Pour mon accident…
— Oui ?
— C'était un suicide ?
— …

T.K. ne répond pas. Il se contente de sourire en refermant délicatement son carnet. La situation était-elle désespérée au point de vouloir en finir ? Je ne veux pas y croire. Mais au fond, je n'en sais rien. Mes pensées cessent au moment où Olga froisse rageusement la lettre d'Alice. Tomato me prévient alors :

— Ça va chauffer

Dans les yeux de ma femme, je n'y vois que du dégoût. Olga s'enfonce dans une épaisse rancœur. Elle laisse échapper un rictus sur ses lèvres, une expression tenace qui porte à croire qu'elle pourrait me tuer si je n'étais pas déjà si proche de la fin. Ses mains tremblent. Dans la cuisine, on perçoit seulement sa respiration, forte et rythmée. Elle fulmine. Les premiers mots qu'elle prononce, Olga me les ôte de la bouche :

— Quelle petite pute !
— Olga… Calme-toi…
— Lâche-moi. Ne me touche pas.
— Ça ne sert à rien de…
— Dire que je viens de la croiser… Je vais me la faire.
— Olga… Respire… S'il te plaît…

On sonne à la porte alors que ma femme se laisse dévorer par la haine. Yann, plutôt mal à l'aise face à la réaction de ma femme se propose d'aller ouvrir. Sur le seuil, la jeune femme se présente. Alice se tient debout. Apeurée, hésitante et le maquillage dévasté.

— Bonsoir… Je… Je suis…
— Qui êtes-vous ?
— Je suis une cliente de Thomas. Je viens d'apprendre pour son accident…
— Qu'est-ce que vous faites ici ?
— Je voudrais voir Madame Garnier… Je sais que ma lettre se trouve ici…

— Vous avez perdu la tête ? Vous cherchez les problèmes.

Yann regarde par-dessus son épaule, très inquiet pour la suite des événements. Ma maîtresse et ma femme réunies chez moi, c'est une équation qui va tourner au carnage. Alice s'arme de courage et poursuit :

— Je veux m'expliquer. Les circonstances sont horri…

— Elle va vous faire la peau ! Vous devriez déguerpir et vous faire oublier !

— Je veux présenter mes excuses… Tout est allé trop loin…

On entend des bruits de pas dans le couloir. Guidée par son sixième sens, Olga se rapproche. Elle demande à Yann ce qu'il se trame.

— Rien… Rien… C'est une… Une erreur.

« Une erreur… » Je voudrais tellement qu'elle se contente de cette réponse. Je voudrais vraiment qu'elle ne découvre pas qui se trouve sur le pas de la porte. Mais il n'en est rien. Yann n'entend pas le bruit de l'acier qui glisse lentement sur la surface du plan de travail. Il ne voit pas le soleil noir qui dévore l'iris de ma femme alors qu'elle se saisit du couteau. La lame qui menaçait le cou de mon fils est maintenant dans les mains d'une femme trompée, prête à tout pour soulager sa peine. Olga vient d'apercevoir la silhouette. Elle vient de comprendre. L'intolérable présence de cette tentatrice amoureuse la plonge dans un état second. La visite d'Alice est un affront qu'elle ne peut pas supporter. Pour couronner le tout, ma maîtresse fait l'erreur d'insister.

— Je dois lui parler. Je ne voulais pas tout ça !

— Partez. Maintenant. Vous ne pouvez pas rester !

— Laissez-moi passer, je veux…

La jeune femme tente de forcer le passage. Le ton monte. On entend quelques pas effectués dans le dos de Yann à grande vitesse depuis la cuisine. Olga se rue vers Alice avec le couteau. Avec une fureur qui dépasse l'entendement, les doigts se crispent sur le manche. Elle va le faire. Elle est prête à frapper. Autant de fois qu'il le faut.

— Je vais te crever sale pute !

— Non ! Pardon ! Ne faites pas…

La lame se dresse dans les airs, elle va toucher la maîtresse avec rage. Alice lève les bras pour se protéger avant de tomber à terre en reculant. Olga se jette sur la jeune femme pour la planter. Yann s'interpose au dernier moment. En tentant de porter son coup de fureur, Olga blesse l'Ami de la famille. Touché à la main, il parvient à la maîtriser, évitant ainsi le pire. Une fois désarmée, au propre comme au figuré, Olga s'écroule.

— Cela ne suffisait pas d'avoir pris Thomas ? Il fallait en plus que tu viennes me narguer chez moi… Sort d'ici…

— Madame Garnier… Je suis sincèrement désolée…

— Désolée de quoi ? Réponds ! Désolée de quoi ? D'avoir ouvert les cuisses ? De l'attirer dans ton lit en nous l'arrachant de la maison ? Désolée de lui avoir écrit ?

— Je ne voulais pas…

— Tu nous as brisés… Tu peux partir…

— J'ai…

— … Tu n'as aucune excuse…

— J'ai… Des sentiments pour Thomas.

— Mais moi aussi j'ai des sentiments espèce d'idiote ! Ça fait 15 ans que j'ai des sentiments. Je suis sa femme.

15 ans… Ça te parle ? J'ai tout enduré pour lui.

— … Ça m'est tombé dessus… Je n'ai pas voulu…

— Ce n'est pas parce que tu as pris ton pied avec lui que ça t'autorise à croire que tu as un avenir à ses côtés.

— Je ne sais pas quoi dire…

— Ne dit rien. Disparais de ma vie.

— Mais…

— Yann ? Fais-la sortir !

— Je suis désolée…

— DEGAAAAAAAAAAAGE ! □

L'ART DE LA PATIENCE

Quelques minutes après…

La rage est passée. La maîtresse est remerciée, on vient de frôler l'éviscération d'Alice. La tension se dissipe peu à peu, il ne reste qu'une Olga blessée dans son cœur et un ami avec la paume ouverte. Yann a sauvé les meubles en coupant court. Il revient dans la cuisine après avoir refermé la porte d'entrée. Dans une main il y a cette blessure à l'arme blanche, dans l'autre il tient un disque dur. Avant de s'éclipser, la maîtresse lui a remis les données. En expliquant qu'Olga devait impérativement les conserver et que l'avenir du cabinet en dépendait. Le plan semble avoir changé. Stradford & Ernst ne mettra pas la main sur mes informations. Alice vient de se rétracter. Puisque je suis au bout de ma vie et qu'il lui est impossible de me garder sous contrôle, elle jette l'éponge en nourrissant d'éternels regrets.

La baie vitrée est ouverte. À la lueur du salon, ma femme scrute ce petit boîtier et son câble USB sous différents angles. Elle ignore parfaitement la portée de ce qu'elle tient entre les mains. Puis elle lance avec hargne le disque dur en direction de la piscine. L'unique copie de mes fichiers sombre au milieu de bassin. C'est terminé.

Il s'agit maintenant de revenir à la réalité. Olga se charge de bander la main de Yann. Nettoyant ainsi la seule trace du drame qui aurait pu se jouer. Sous ses yeux, la plaie superficielle mais bien réelle lui fait prendre conscience du dérapage. Je suis le premier étonné de la réaction de ma femme. Je pensais, à tort, qu'il n'y avait plus de sentiment entre nous. J'étais persuadé que le quotidien avait englouti notre couple et que mon comportement avait achevé ce qu'il restait d'amour. Mais la vérité, c'est qu'Olga semble déboussolée et que les choses ne sont pas aussi simples.

C'est à peine croyable. Plus j'avance et moins j'ai de réponses. Je progresse dans un brouillard de doutes dans lequel se mêlent questions et suspicions. J'ai du mal à réfléchir, mes idées se confondent et il m'est difficile de faire le tri. J'ai l'impression de tourner en rond sans jamais saisir le sens de tout ce qu'il m'arrive. Le temps passe, et je n'ai pas encore démêlé le vrai du faux. Les secondes s'égrènent implacablement pour me conduire dans une impasse. Oui, dans un cul-de-sac au fond duquel je vais disparaître sans avoir compris.

Maël, toujours endormi sur le canapé, n'a rien entendu de l'altercation. Yann le transporte dans son lit comme un père le ferait. Bordé avec bienveillance, mon fils semble enfin paisible, plongé dans un sommeil profond. La boîte bleue en plastique est déposée sur sa table de nuit. Juste à côté de lui. Cette petite mallette bleue, celle que Maël ne quitte jamais, Yann l'observe. Il se dit que s'il doit veiller sur mon garçon à l'avenir… S'il doit le connaître et l'aimer comme un fils… Il doit tout faire pour entrer dans son univers et le comprendre. La main blessée effleure le plastique bleu, son contenu est sur le point d'être dévoilé. L'Ami de la famille s'apprête à ouvrir le coffret lorsque Olga intervient sur le seuil de la chambre en chuchotant :

— Qu'est-ce que tu fais ? Tu viens ?
— J'arrive.

Ses doigts quittent la boîte à secrets de Maël. Yann renonce à céder aux appels de sa curiosité. Il dépose un baiser sur le front de mon fils et prend congé sur la pointe des pieds. Dans le salon, Olga s'écroule à bout de force au centre du canapé. Simplement vidée par un trop-plein d'émotions, elle n'a jamais été humiliée de la sorte. Meurtrie par la déception, elle tente de soulager sa peine avec de l'alcool. Par ma faute, la pauvre traverse un abîme instable de doutes. À propos de ce que j'ai pu faire. De ce qu'elle n'a pas senti venir. De cette Alice et des sentiments qu'elle avance. À propos de l'avenir de la société. De ce qu'elle a bien pu rater. De ce qu'il reste de notre mariage. Autant de brèches qu'elle ne parvient pas à colmater. Une bouteille de gin est largement entamée sur la table basse. Elle se recroqueville en position fœtale pour mieux digérer les événements tragiques.

Yann vient s'installer auprès d'elle pour la prendre dans ses bras. Tous les deux se retrouvent dans l'immense salon silencieux. Olga perd son regard dans le vide. Troublée par ce qu'elle traverse, elle absorbe à nouveau une grande quantité de Gin. Puis elle se met à penser à haute voix :

— Je suis désolée pour ta main…
— Ce n'est pas grave, n'y pense plus.
— Je ne sais plus où j'en suis…
— C'est normal. Il faut du temps pour accepter tout ça.
— L'accepter ? Tsss… Vivre avec…
— Peu importe, c'est du temps et du repos qu'il te faut…
— On n'a plus de temps… Il peut nous quitter d'une seconde à l'autre…

— N'y pense pas, tu te fais du mal…
— Je crois… Je crois que je l'aime encore.
— Et c'est bien normal.
— Mais il n'est plus là…
— Viens là…

Tomato traîne des pieds jusqu'au fauteuil qui fait face à l'écran géant. Cela fait un petit moment qu'il reste en retrait. Il s'affale mollement. Il ne dit rien. Le gamin se contente d'observer. La main bienveillante de Yann frotte lentement les omoplates de ma femme, dans un mouvement réconfortant. Il lui dépose un baiser sur le front et tente de la rassurer :

— Je serai toujours là.
— Merci… Merci pour tout…
— Je vais dormir sur le canapé. Tu as besoin de repos. Va te coucher.
— Reste un peu avec moi.
— Tu as besoin de parler ?
— …Il m'a fait mal. Mal jusqu'au bout…
— Chut… Ça va aller… Je soignerai tes blessures…
— C'est gentil. Tu sais… C'est un mec comme toi que j'aurai dû épouser.
— Chut…
— Je n'arrive pas à m'y faire… Tout est allé si vite…
— Laisse-toi aller. Ça va passer. Ça finit toujours par passer.

Le goulot de la bouteille est porté une nouvelle fois à ses lèvres. Le réconfort revêt des saveurs de Genièvre. Elle avale de larges gorgées pour trouver l'apaisement. Le Gin la détend un peu, elle reprend ses confidences :

— Je ne sais pas quand tout à commencer à foirer.
— Tu crois qu'il y a eu un moment précis ?

— Je ne sais pas. J'ai l'impression que la Fac c'était hier. Il était encore à l'école de commerce… Nos délires… Tu te souviens ?

— Thomas le rebelle. Il était fou de toi… Une Belle Époque.

— J'adorais ce qu'il y avait dans ses yeux lorsqu'il me regardait. J'étais une friandise. J'avais la sensation d'être un trésor. D'être la chose la plus importante de son monde. D'être unique.

— Ça… Pour t'aimer, il t'a aimé…

— Puis il a renoncé. Il a changé… Il s'est rangé d'un coup.

— D'un coup ? Tu crois qu'il y a eu un déclencheur ?

— Pfff… J'en sais rien… Je crois que c'est sa foutue boîte…

— Moi… Pour être honnête… Je n'ai pas vu la différence. Depuis que je le connais… Il s'est toujours accroché. A sa décharge… Il a réussi.

— Oui, oui… Il a réussi… A quel prix ? Regarde… Regarde… Une grande maison… Des bagnoles, des motos… Jamais là, ni le soir ni les week-ends… Et maintenant on est sur le point de le débrancher…

— Olga, la vie est courte… C'est vrai… Que veux-tu ? On ne peut pas y faire grand-chose… Thomas était un bosseur.

— Comme je regrette…

— Tu sais… Il m'a avoué un jour s'être pris au jeu… Et se sentir « coincé »

— Pris au jeu ?

— De l'argent, du pouvoir. Ça lui donnait un but. Un challenge… Il ne pouvait plus reculer.

— Tu parles d'un challenge !

— Tout ça a pris des proportions inquiétantes chez lui…

— C'est le moins qu'on puisse dire… Quelle merde… J'aurais dû lui rappeler les priorités. Notre rêve, notre vision, notre vie de famille. Au lieu de le laisser accumuler…

— Tu ne devrais pas t'infliger ça…

— Pfff… Tout est terminé de toute manière. J'aurai dû…

— Tu n'y es pour rien. Il est grand. Il a fait des choix, il a commis des erreurs. On en fait tous…

— Comme cette grognasse… Ça, c'était une putain d'erreur.

— Comme cette grognasse… Par exemple…

— Ma vie est compliquée Yann… J'en suis fatiguée…

Alors que T.K. ouvre une nouvelle fois son carnet pour rédiger de nouvelles notes, Olga laisse tomber sa tête sur le torse de son protecteur. Son visage remue lentement au gré de la respiration de l'Ami de la famille. Il effleure ses cheveux. Il hume son parfum délicat, ce qui m'agace de plus en plus. En dépit des circonstances, Yann semble savourer l'instant :

— La vie est simple Olga… Tu verras, tout ça va s'arranger.

— Tu crois ?

— Tu le mérites… Ça va forcément aller mieux… Garde espoir…

— Yann… Qu'est-ce que je ferai sans toi ?

— Tu n'auras jamais à le savoir, je serai toujours là.

— Tu es adorable… Toi… J'aurais dû t'épouser…

— Tu te répètes… Tu as trop bu, mais ça me fait plaisir de l'entendre !

— Je voudrais aller mieux… Je voudrais que ça passe…

— Il nous faut du temps.

— …Du temps… Tu es patient ! Je ne le suis pas…

— Aimer en secret la femme de mon meilleur ami m'a appris l'art de la patience…

Non mais c'est une blague ? Il l'aime depuis des années ? Yann est en train de passer la vitesse supérieure, juste sous mes yeux. C'est horripilant. Quand je pense que je lui ai fait une confiance aveugle ! Je dévisage Tomato pour chercher du soutien, mais il ne réagit pas. Le môme se contente de bloquer la pendule dans le salon. 23h54. Ma colère gronde, je peux presque l'entendre. Je ne distingue plus ce qu'ils se disent. Le temps se fige d'un coup. Tout est couvert par le bruit d'une moto. Un moteur hurlant au loin. Le rugissement de rapports poussés à l'extrême. Ma tête me fait atrocement mal. J'ai une vision.

CONTACT

Ma vision. Le soir de l'accident…

Il y a du folk qui grésille dans le vieux break aux vitres embuées. Roxane vient d'aller le récupérer. Plein comme une barrique, Franck est désagréable - à la limite d'être violent. L'homme qui partage sa vie a l'alcool mauvais. Pas de chance pour elle, il s'y noie presque tous les soirs. Elle peste, mais elle n'a pas le choix, il faut bien que quelqu'un ramène ce pochtron. C'est son mec après tout… On se fait la vie qu'on veut.

— Roxane… Roule moins vite… J'me sens pas bien…

— Tu aurais dû boire un petit peu plus encore !

— Ta gueule… Lâche-moi… T'es mal placée pour me donner des conseils…

— Oui, mais moi je fais des efforts. Regarde-toi… Tu me fais pitié… Ils ont bien dû se foutre de toi à la soirée.

— Pas du tout… Pas du tout, Madame « je suis clean ». On s'est bien marré… Il y en avait vraiment dans un sale état… Donc tu me fous la paix.

— Parce que tu crois que je suis contente de savoir qu'il existe pire que toi ?

— Coupe le chauffage, je vais dégobiller !

— Si tu vomis dans la voiture, tu dors dans le garage, je te préviens…

— Pffff… Tssss… J't'en foutrais moi des leçons de morale… Arrête-toi !

— Tu vois ce collier ?

— … Merde ! Arrête la voiture, OK ?

— Regarde-moi !

En tenant fermement son volant, elle désigne le pendentif autour du cou. Ce fameux cercle qui entoure un triangle. Ce sigle qui est censé imposer le respect. Elle reprend en haussant le ton :

— 421 jours sans boire.

— 1 an et demi que tu me bassines avec ça ! Et alors ?

— Tu ne peux même pas tenir 24 heures ! Tu es faible… Contrairement à moi.

— Tu veux une médaille ? Je vais vomir, 'faut qu'on s'arrête…

— Décrocher c'est dur, Franck. Mais rester clean alors que tu te murges du matin au soir, c'est presque un exploit… Tu ne fais aucun effort !

— Tu me saoules bordel…

— Tu n'as besoin de personne pour ça…

— Arrête-toi je vais vomir, putain ! Stop !

La voiture pile et s'immobilise sur le bas-côté. La portière s'ouvre, le gaillard quitte le véhicule pour vomir à quelques pas. Franck titube. Franck rend tout ce qu'il peut. Entre sanglots d'ivrogne et râles de soûlard en détresse, le compagnon dégobille sans discontinuer.

— T'as bientôt fini avec ton foie ?

— Laisse-moi !

— Alors, heureux d'avoir picolé ?

— Fous-moi la paix ! Merde !

— Je vais pas passer la nuit à te regarder vomir. Monte ! Qu'on rentre vite, il va pleuvoir.

Son conjoint imbibé regagne difficilement le break, puis il s'installe. La tête plaquée contre la vitre, il commence à s'assoupir. Elle ne décolère pas après lui et son manque de respect. Roxane se remet en route sans tarder. Personne à l'horizon, pas de clignotant. Dans le rétroviseur, elle distingue soudain une lumière vive, comme un flash qui fuse à toute allure. Un bruit de moteur hurlant qui se jette sur la voiture juste avant l'impact. C'est le crash.

L'ENFANT INTÉRIEUR

À l'aube de grandes révélations…

Je reviens à moi dans le salon, hanté par le bruit de la tôle froissée. J'entends encore les cris de Roxane et je suis écœuré par les derniers relents de biles. Le temps a repris son cours et je suis profondément perturbé par cette vision. Je viens de vivre l'accident du point de vue de la conductrice. Je sais maintenant qu'elle n'y était pour rien. Qu'est-ce qui a pu se passer ? Elle ne m'a pas coupé la route. Elle n'a rien fait de particulier. Si ce n'est oublier de mettre son clignotant, mais je pense que ça n'aurait rien changé. Comment ai-je pu venir m'écraser à grande vitesse contre son break ? Il reste toutes ses questions en suspens autour de ma disparition. Plane alors l'ombre du suicide, celle d'un éventuel complot ou d'un sabotage. Qui aurait pu vouloir ma mort ? Alice ? Charles ? Yann ? Ma femme ? J'envisage tout. Bref, je ne suis pas plus avancé.

Tomato n'a pas bronché depuis toute à l'heure. Installé dans le fauteuil qui fait face à Yann et Olga, il se perd dans une prose frénétique. Lorsqu'il lève les yeux, c'est seulement pour les poser à nouveau sur l'horloge. 00 h 14, le temps continue de filer sans que je puisse réellement m'en rendre compte. Me rappelant que le moment où l'on va me débrancher se rapproche un peu plus, fatalement. Et pour l'heure, je ne fais que traverser des points de vue décousus le long d'un parcours sinueux. Sans jamais comprendre le fin mot de l'histoire. Je suis ballotté entre le passé et l'autre côté. Je suis malmené, je n'ai aucun indice. Je piétine.

Juste sous mon nez, le couple improbable se bécote et ça me révulse. Olga s'est noyée dans le Gin. Son état lui porte des élans langoureux. Yann ne semble pas dupe mais se délecte du jeu sensuel de ma femme sur le canapé. J'ai l'impression d'être un voyeur. Ils se rapprochent, j'ai un haut-le-cœur. J'en frissonne, c'est moche.

Le gamin me dévisage quelques secondes puis se remet à écrire compulsivement. Tomato ne laisse rien paraître. Je suis totalement désemparé. J'ai l'impression que tout ça ne mène à rien. Que toute cette expérience n'a aucun sens. Je crois que j'ai atteint mes propres limites. Je passe mon temps à souffrir en allant de découvertes sordides en révélations glauques. J'ai pu constater que je n'ai pas été un modèle de droiture. Je ne peux pas changer le passé. Je ne suis même pas sûr de pouvoir revenir. Je crains de n'avoir aucun avenir. Et alors… ? À quoi ça sert tout ça ?

Cette expérience est cruelle, quand j'y pense. Cruelle et injuste. Je n'ai pas été un gangster. Je n'ai tué personne, enfin il me semble. Je ne suis pas un saint, mais est-ce que je mérite de ramasser autant ? Je suis obligé de supporter des choses que je ne voudrais pas voir. Comme ma femme qui se tord sous les caresses de mon meilleur ami. Ou comme devoir supporter son sourire complice alors que je suis théoriquement sur un lit d'hôpital. Ça, c'est un putain de châtiment. J'assiste impuissant au chaos que j'ai semé, voilà ma punition. C'est donc ça « Le Supplément d'Âme » ? Je ne le cautionne pas. Je ne l'assume pas. Je ne me l'explique même pas. Tomato referme son carnet avec la plus grande précaution.

— On fout le camp !
— Quoi ? Maintenant ? Et pour aller où ?
— N'importe où. On va descendre.
— Mais je n'ai pas envie de bouger ! Comment ça « descendre » ? Descendre où ? Je veux rester près d'eux.
— Ne me dis pas que tu tiens vraiment à voir la suite…
— Qu'est-ce que tu veux dire ? Tu crois qu'ils vont…
— Je crois que tu n'as pas envie de le savoir.

Avec un flegme pénible, il place le carnet noir sous le coude tout en remettant sa veste en place. Moi, je reste planté-là. Droit devant lui. Fatigué et à fleur de peau, j'ai tendance à montrer les crocs, je veux en finir.

— Je ne bouge pas d'ici !
— Comme si tu pouvais choisir…
— J'en ai par-dessus la tête. C'est trop pour moi !
— Trop ?
— Trop de douleurs. Trop de regrets. Je ne comprends rien ! J'ai mal depuis le début.
— C'est censé être mon problème ?
— Mais je n'ai rien demandé ! C'est toi qui es venu !
— Hey ! J'ai rien demandé non plus. Et je t'emmerde. OK Thomas ?
— Mais bordel ! Donne-moi des réponses. Aide-moi ! Quand est-ce que ça va s'arrêter ? Dis-moi !

Je lui attrape le poignet pour le secouer un peu. Je veux qu'il réagisse. C'est l'occasion de remettre sur le tapis la signification de son tatouage :

— Tu es Celui qui Sait ! Alors dis ! Parle-moi !

— Lâche-moi ! T'es pas mon père ! Je ne te dois rien.

T.K. retire son bras et me gifle. Je ne l'ai pas vu venir. Une claque sèche et puissante. Au moment où sa main heurte ma joue, je change de lieu. Je suis dans un souterrain, il fait noir. Les murs de béton brut sont humides. Nos pas résonnent dans un écho presque infini. Il n'y a que lui et moi. Je suis en train d'avancer et je ne sais même pas pourquoi. Je porte mes doigts sur ma pommette boursoufflée : le gamin ne m'a pas raté. Tomato me précède, je distingue sa silhouette dans la pénombre. On marche dans ce tunnel sans fin qui semble ne mener nulle part. Je n'ai plus envie de jouer. Je veux tout arrêter :

— Je peux savoir où tu m'emmènes ?
— Non.
— Pourquoi tu m'as frappé ?
— Parce que tu l'as mérité.
— Pourquoi on marche ?
— Parce que je l'ai décidé…
— On va où ? Tu me réponds ?
— Mais tu vas te taire ?

Tomato accélère le pas. J'ai l'impression qu'on descend. On s'enfonce dans les entrailles de béton. Au bout du souterrain, j'y vois la lumière du jour. J'étais pourtant sûr que c'était la nuit. Pourquoi la lumière vient d'en bas ? C'est à n'y rien comprendre ! Je suis complètement paumé. Je suis perdu et j'ai comme seul guide un enfant de 10 ans qui n'existe même pas. Et dire que je viens d'abandonner ma femme dans les bras de mon meilleur ami pour ça.

Le mutisme de Tomato devient insoutenable. J'ai l'impression d'errer sans but ni raison. L'écho de nos pas forme un brouhaha assourdissant. J'ai peur que la plaisanterie ne soit sans fin. Combien de temps allons-nous marcher ? Je suis au bout de ce que je peux endurer. Je suis fatigué. Je suis résigné. Je baisse les armes. Non, plus exactement, je perds le contrôle.

— Tu vas me répondre ! Je veux savoir !
— …
— Oh ! Je te cause ! Petit merdeux !
— …
— Va te faire foutre ! J'arrête ! Je ne veux plus continuer comme ça !
— On y est… Enfin ! Thomas est en colère… Thomas ne veut plus continuer…
— Je ne suis pas en colère ! Je n'en peux plus, c'est tout ! Je suis au bout du rouleau. Je jette l'éponge. Basta !
— Thomas veut abandonner… C'est marrant, je ne suis pas étonné !
— Tu me cherches ?
— Tu me cherches ?
— À quoi tu joues bordel ?
— À quoi tu joues bordel ?
— Arrête de répéter tout ce que je dis !
— Arrête de répéter tout ce que je dis !
— Ça t'amuse de me prendre pour un con ?
— Ça t'amuse de me…

Trop, c'est trop. Je suis trop vieux pour ce genre de jeu débile. Excédé je me rue sur Tomato, je choppe le gamin par la veste et je le plaque brutalement contre le mur, histoire qu'il comprenne mon état d'esprit :

— Mais tu vas me dire qui tu es bordel ! Qu'est-ce qu'on fout là ? Qu'est-ce que tu attends de moi ! QU'EST CE QUE TU ATTENDS DE MOI ?
— Je pourrais tout te dire. Ou me taire à jamais. Je pourrais te faire toucher du doigt la vérité ou continuer de te bercer dans le mensonge. Je pourrais disparaître comme ça, en un claquement de doigt. Ou je pourrais revenir te

hanter à chaque fois que tu fermes les yeux. N'importe où. N'importe quand. Je pourrais te dire que tu as raison. Que tu as toujours fait de ton mieux. Je pourrais ressusciter ta mère. Je pourrais te faire bander sur une idée folle. Je pourrais te faire croire que tu peux t'offrir tout ce que tu veux ou te persuader que tu n'obtiendras jamais l'essentiel. Je pourrais apaiser ta colère ou déclencher une dépression qui te lècherait le cœur pendant une décennie. Je pourrais en finir ici et maintenant. Ou te maintenir en vie jusqu'à tes 82 ans. Je pourrais te contrarier pour l'éternité, un truc de malade… À-t'en donner la migraine. Je pourrais chuchoter dans ta tête, murmurer que tu es fou pour les siècles à venir. Où attendre patiemment que la sagesse t'élève. Je pourrais pleurer en voyant la vie que tu mènes. Je pourrais me battre pour toi. Ou te laisser crever-là. Je pourrais me rappeler à ton bon souvenir. Ou entretenir le mystère. Je pourrais t'expliquer tout ce qui t'entoure mais tu ne comprendrais pas. Je pourrais te raconter n'importe quoi et tu serais capable de me croire. Alors à quoi bon ?

— Qu'est-ce que c'est que cette merde ?

— Je suis là pour t'aider à descendre. Alors descendons Thomas…

— Descendre où ? MAIS DESCENDRE OU ?

— Là où tu ne vas jamais !

— ARRÊTE AVEC TES MÉTAPHORES PUTAIN!

— Tu n'as jamais eu l'impression de trébucher au dernier moment ? De baisser les bras à quelques mètres de l'arrivée ? Tu n'as jamais eu l'impression de répéter sans cesse les mêmes erreurs ? Tu penses te protéger en changeant de direction à chaque fois que ça devient désagréable ? Tu penses te préserver en oubliant ou en passant à autre chose ? En te noyant dans d'autres distractions dès que la vie te fait un peu mal ? Tu serres les dents, tu hurles, tu cognes fort mais ça n'y fait rien. Tu as l'impression de contrôler. Mais tu contrôles quoi ? Des détails. Des rapports, des chiffres, ton compte en banque et ton éjaculation. Mais la vie t'échappe, ducon. Tu cours, tu cours… Mais tu as oublié l'essentiel : ce que tu es réellement. Tu as oublié l'amour. Tu as oublié les rêves. Tu as oublié de vivre. Tu as oublié qui je suis. Tu as oublié que tu pouvais rendre le monde plus beau. Est-ce que l'univers a besoin d'un putain de cabinet d'intelligence économique supplémentaire ? Bien sûr que non, pauvre ignorant ! Parfois, il faut mettre les mains dans le cambouis, mon vieux. Vu que tu ne le fais pas, je suis là pour ça. Je suis là pour te faire descendre au fond de toi. Dans le coin de ton âme qui t'effraie depuis des lustres.

— Au fond de moi ?

— Au milieu de tes craintes, de tes erreurs. Dans le placard dans lequel tu as entassé toutes tes frasques et tes mauvais choix. Dans le puits sans fond dans lequel tu as jeté tous tes élans et ton instinct. Toutes ces occasions où tu as pris le mauvais chemin. Par flemme, par innocence puis finalement par habitude. Quand tu as décidé de changer tes plans à la moindre difficulté. Tu sais, cet endroit qui prend la poussière parce que tu as préféré faire comme tout le monde. Tu as pris la décision de rentrer dans le moule, au lieu d'appréhender ce que tu es vraiment. Tu as déposé toutes ces merdes autour de moi. Tu as refermé la porte derrière toi. Tu as jeté la clé pour faire semblant pendant des années. Et tu m'as laissé pourrir là-dedans. Je t'en veux Thomas. Je t'en veux. Tu le sais ça ? Et maintenant je suis là. Ça te parle ?

— Je… Quoi ? … Je ne comprends rien.

— On va y aller. C'est tout droit. Maintenant tu me lâches.

Mon esprit s'embrume. Je ne vois pas bien ce qu'il veut dire, tout en ayant l'impression de tenir un bout de quelque chose. Trois fois rien, une vague impression. Le sentiment fragile que la vérité se cache quelque part. Ici ou là. Tout près, en dépit de son charabia sur la vérité, le mauvais chemin et la poussière. Je me ravise. Je lâche son col, et

Tomato touche à nouveau le ciment. Une part de moi est piquée au vif, je me défends :

— J'ai travaillé dur. Il ne me semble pas avoir abandonné à la moindre difficulté.

— Oh… Je t'ai vexé ? Tu as « travaillé dur » ? Tu parles… Une carrière facile. Un chemin de vie sans danger. Pognon, pognon, pognon ! Je te parle de courage. Est-ce que tu as des couilles, nom de Dieu ?

Le môme plante son regard dans le mien pour me lâcher :

— On n'aurait jamais dû se perdre de vue tous les deux…

— On s'est perdu de vue ?

— Pourquoi tu m'as abandonné ?

— Mais je n'ai rien fait du tout !

— On aurait pu croquer le monde ensemble. Mais tu as préféré laisser tomber.

— C'est une histoire de fou !

— Tu ne comprends pas. Ce n'est pas grave. J'ai tout consigné ici.

— Dans ton fichu Carnet Noir ?

— Oui, dans ton inconscient. Tu ne t'en souviendras pas, mais ça te changera – pour toujours.

T.K. ouvre son cahier pour le consulter. Les pages défilent, et je sais que je n'ai pas envie de lire maintenant. J'ai tellement de choses à lui demander. Je veux mes réponses. Et je les veux maintenant.

— Mais attends… Tu dis qu'on s'est perdu de vue ? Mais je ne me rappelle pas.

— Pour te protéger tu as vécu dans le déni. Tu as oublié. Tout le monde oubli, c'est bien plus facile.

— Pour me protéger ?

— C'était quoi ton rêve ?
— Je ne sais pas.
— C'était quoi ton putain de rêve Thomas ?
— J'en sais rien du tout !
— Quel était notre but ? Celui que je poursuis depuis le début.
— Honnêtement… Je ne vois pas où tu veux en venir. Je n'ai jamais eu de rêve d'enfant ! Je voulais être beau, riche et être tout en haut ! Point barre.
— OK. Tu ne me laisses pas le choix.
— Tu me fais flipper.
— Tu vas devoir descendre. MAINTENANT !
— Mais…

Tomato vient de trouver la page qui l'intéresse. Il déchire une nouvelle chronique du carnet. Je redoute toujours de poser mes yeux sur ce qu'il a écrit.

— C'est le jour où tu m'as tué.
— Pardon ?
— Lis ça… Ça devrait te rafraîchir la mémoire. Et ensuite tu descendras.

GOODBYE KETCHUP

Chronique du Carnet Noir

Il marche sous les pins, sur l'allée qui longe la plage. Thomas laisse derrière lui la grande bleue et son drapeau vert pour arpenter le chemin sablonneux qui mène à la maison. L'air salé effleure ses épaules, il fait bon, juillet rayonne sur ce petit coin de paradis quelque part entre l'Aude et les Pyrénées Orientales. Ça sent l'été. Ses parfums ambrés mêlés aux effluves de churros, de coco, de beignets et d'innocence.

Le soleil assomme la côte paisible et Thomas observe les rayons lui parler en morse à travers les branchages. Des flèches dorées perçant entre les épines qui murmurent combien la vie est belle, surtout lorsqu'on a 10 ans. Son petit carnet sous le bras, Thomas passe le portail qui mène à la résidence des Alizés. Une enfilade de petites maisons simples au pied de la falaise. Il est 12 h 00, tout va bien.

Des dizaines de véhicules stationnent à l'entrée, juste après l'imposant portail en bois. Il y a les retraités qui prennent le déjeuner sur la terrasse, puis les Allemands qui ne se sont pas encore couchés. Ça sent les grillades, le Ricard. Les cigales bercent la vie dans une douceur infinie.

Dernière maison sur la gauche, Thomas arrive chez ses parents. Son carnet est déposé sur la toile cirée de la cuisine avec un sentiment de fierté rare. Il y a du bruit dans le salon. Les Garnier reçoivent du monde. À l'occasion de l'anniversaire du paternel, une bonne partie de la famille a répondu présent. Il y a les oncles et tantes, des amis. Une salade de tomates attend d'être apportée à table, l'apéritif est servi. Le père de Thomas n'a pas l'air enchanté. Visiblement un grief rend la situation tendue entre ses parents. À en croire l'atmosphère pesante qui plane dans la cuisine. C'est le genre de subtilité que l'on ignore lorsqu'on est enfant. Thomas n'a pas fait attention. Comme Thomas ignore tout de l'état de santé de sa mère. Il n'a aucune idée du traitement qu'elle subit, ni du peu qui lui reste à vivre. Thomas réclame l'attention de son père, au mauvais moment comme d'habitude. Celui-ci n'est pas disposé.

— Papa ?
— Hmmm
— Papa ?
— Quoi ?
— J'ai écrit quelque chose. Une histoire. C'est mon cadeau.
— C'est bien… C'est bien. On va passer à table.
— Tu veux la lire ?
— Demande à ta mère.
— Maman est fatiguée.
— Moi aussi je suis fatigué, Thomas.
— Mais papa ? Tu veux pas voir ?
— Je dois m'occuper du barbecue. Pas maintenant.

Maman n'est pas plus disponible. Le bœuf grille sur la terrasse. L'apéritif touche à sa fin, la mère termine péniblement de préparer la popote. Le repas va débuter.

Mais personne ne se préoccupe vraiment de Thomas qui en profite pour aller jouer dans sa chambre. Voici la conséquence d'être un enfant conçu par des parents très jeunes : pas de cousin, pas de fratrie. Seul et unique mouflet au milieu d'une famille en devenir.

Les convives s'installent, sa mère l'appelle comme à l'accoutumée. Un « Tomato Ketchup à table ! » est lancé comme pour marquer le début des festivités. Thomas, rapplique pour se mettre en bout de table. Il dépose son cahier à côté de son assiette. Réclamant la sauce tomate comme un réflexe naturel pour accompagner son repas.

— J'aimerais vous lire quelque chose. Pour l'anniversaire de papa, j'ai écrit une histoire !

Personne ne relève. Les discussions vont bon train. Les adultes ne prêtent même pas attention à l'enfant qui réclame la parole. Ça parle de boulot, d'actualité, du prix des locations et de la météo.

— Est-ce que quelqu'un veut lire ce que j'ai écrit ?
— Tomato, mange ! Ça va refroidir !
— Mais maman, j'ai écrit une histoire. Ça m'a pris du temps. Je voudrais avoir votre avis.
— Ce n'est pas le moment. Tu vois bien qu'on est occupé !
— Mais c'est pour papa… C'est mon cadeau.

À force d'insister, il n'obtient que l'indifférence générale. En voyant la déception sur le visage du gamin, une des tantes s'intéresse enfin à Thomas. Pour finalement demander :

— Alors tu as écrit une histoire ? Mais c'est très bien ! On a une graine d'écrivain dans la famille !
— Oui tatie… Tu veux la lire ?

Tout le monde y va de son petit commentaire. La famille se lâche.

— Il ferait mieux de remplir son cahier de vacances au lieu de divaguer !
— Tu es dur Bernard… C'est bien d'avoir un talent artistique.
— Ce n'est pas un métier mon petit. Rêve à un boulot qui rapporte.
— Un job avec lequel tu peux faire du black !
— Oui parce qu'avec les impôts…
— Et ça ne va pas s'arranger !
— Ou dans la finance. Trader, ça rapporte un max.
— Ou agent immobilier par exemple. Tu as vu aux infos au fait ? Ils veulent mettre une taxe sur…
— Pour en mettre à gauche, c'est boulanger qu'il faut faire !
— …

Sa minute de gloire est engloutie par les préoccupations du quotidien, la tablée plonge dans une discussion d'adulte navrante. Pour conclure, on lui intime de laisser son cahier tranquille. On lui conseille fortement de manger s'il ne veut pas être puni de plage. Avalant quelques morceaux de viandes copieusement assaisonnés de Ketchup, Thomas s'exécute, frustré de ne pouvoir partager son projet. Déçu d'être incompris, il ne renonce pas pour autant. Il quitte la table pour se poster à côté de son père, bien décidé à faire lire son intrigue coûte que coûte. Le repas s'éternise, il va bien finir par obtenir gain de cause :

— Papa ?
— Je mange. Laisse-moi tranquille.
— Papa ! Je veux que tu lises.
— Mais c'est possible de manger tranquille oui ou non ?
— Tu ne veux pas lire ?

Maman esquisse finalement un geste de la tête pour inciter le père à jeter un œil sur la merveille de manuscrit. Papa pose bruyamment ses couverts, énervé d'être interrompu pendant son festin. Il ouvre le cahier et parcourt rapidement l'univers de Thomas.

Fébrile, le petit écrivain attend une réaction de son père. Une expression sur le visage, un encouragement, un signe. Le cahier est reposé, mais il ne se passe rien.

— C'est bon, j'ai lu.
— Alors ? Alors ?
— Va t'asseoir maintenant.

Le manuscrit tourne autour de la table. Le père reprend son activité. Dévorant de la barbaque en se graissant les joues jusqu'aux oreilles.

— Papa ? Tu as aimé ?
— Pas du tout. Je peux manger maintenant ?

Thomas, ne réalise pas. Thomas ne comprend pas. Qu'est-ce que papa n'a pas aimé ? Comment ? Pourquoi ? Le cahier passe de main en main. Le père renchérit.

— Mange maintenant au lieu de nous fatiguer avec ce cahier.
— Mais qu'est-ce que tu n'as pas aimé dans mon livre ?
— C'est tout sauf un livre. Mange avant d'être puni.

Un des convives éclate de rire :

— Pourquoi dans un train ?
— C'est bourré de faute.
— C'est quoi le rapport avec l'anniversaire ?
— Il est encore petit. Tu es dur…

— Moi je n'arrive pas à lire, c'est écrit tout petit.
— Tu as vu, il inverse les lettres, ici là, là et là.
— Il est peut-être dyslexique ? Tu sais, je connais un orthoptiste super.
— C'est un gaucher contrarié non ?
— Il est vraiment gaucher.
— Ah, c'est un gaucher contrariant !
— Ha ha ha ha !
— Je n'ai pas compris la fin ? Pourquoi le papillon ?
— Ce n'est peut-être pas terminé ?
— Ce n'est qu'un gosse !

Le carnet est abandonné à nouveau sur la nappe hideuse. Pauvre manuscrit grimé de jus de viandes et de traces de doigts. Comme autant d'impacts laissés par une méchanceté gratuite et assumée. Plein d'innocence, Tomato Ketchup cherche à savoir ce qui cloche dans son histoire :

— Alors ? Vous… Avez aimé ? Vous en pensez quoi ?
— Thomas… Ne te fâches pas… Mais il faut travailler, encore et encore. C'est un bon début… Mais…
— Un bon début si on considère qu'elle a vraiment eu Un Jour d'Avance !
— Et que des phrases sans verbe sont réellement des phrases !
— Et que la drogue permet ce genre de délire.
— Et qu'on peut changer de temps et de périodes dans la même page.
— Il se drogue ? Thomas ?
— Il a 10 ans ! Il ne se drogue pas… C'est son personnage !
— Moi je suis sûr qu'il a un problème ce gosse.
— On ne demande pas ton avis !
— Moi je n'ai même pas réussi à déchiffrer. Ça parle de quoi ?

— Une pauvre fille soupe au lait qui voit un accident et ensuite…

— … Ensuite c'est n'importe quoi !

— Un peu décousu.

— Trop moderne.

— Navrant.

— C'est un premier essai, vous êtes dur !

— Il faut le dire quand c'est mauvais !

— Tu lui as fait essayer les stylos pour gaucher ?

Le repas reprend son cours. Le rêve de Thomas est souillé de traces de poulet, de maladresse et de phrases désobligeantes. Pire, l'énergie de ce manuscrit est écrasée sous le désintérêt total de son père, préférant se remplir la panse en paix. La discussion se poursuit, on parle de Thomas à la troisième personne. Il n'existe plus. Chaque réplique est une pierre qui lapide la candeur d'un apprenti rêveur.

Pour Thomas, le soleil ne brille plus. La viande n'a plus de goût. Son cœur ne bat plus. L'univers se fige. Dans son regard, la lueur de l'enfance s'étouffe. Elle va s'éteindre définitivement. Pour laisser place à une lumière noire nourrie de désillusion. Sa vie va devenir un dégradé de gris ayant pour moteur l'animosité, le conformisme et le mépris du monde extérieur. Un axe obscur afin de ne plus être blessé. Pour ne plus prendre le risque de souffrir. Le petit fait le tour de la table. Attrape son calepin et son assiette dans l'indifférence la plus totale. Il part en direction de la poubelle. À chaque pas, ses larmes l'envahissent un peu plus. Il abandonne le cahier au milieu des ordures, le recouvrant du ketchup restant dans son assiette.

À partir de ce moment précis, son enfance n'est plus. Thomas vient de passer de l'autre côté de l'enfance. Tomato Ketchup est mort à table. Il ne va rester qu'une coquille vide qui se déteste et qui hait le monde entier.

DERNIER MATIN

De retour à la réalité

Ma lecture terminée, j'ai le cœur serré. J'ai en moi la réminiscence de cet épisode presque anodin. Une anecdote insignifiante qui a vraisemblablement bouleversé mon identité. Rien de grave en soi, ce n'est presque rien. Pourtant, j'ai peut-être bâti ma vie à partir de cet instant. En prenant la mauvaise direction. En entretenant le déni autour de mes attentes profondes. En me dissociant définitivement de l'enfant que j'étais pour entrer dans le rang. J'y ai passé une énergie folle et je me suis égaré. Simplement égaré. J'ai une atroce douleur au cœur quand j'y songe.

Pourquoi me dévoiler cet événement maintenant ? Quel est le lien ? Y a-t-il un lien ? Lorsque mes yeux quittent la feuille, je suis seul dans ce tunnel de béton. J'ai tellement de questions à poser à Tomato à propos de cette chronique. Sur cet incident qui a conditionné ce que je suis. Je voulais écrire. J'étais naïf et mal entouré. J'ai provoqué une rupture nette avec mes rêves de gosses, ma créativité et le ketchup. Pour ne plus avoir à m'exposer. Pour contrôler tous les aspects de ma vie et éviter de montrer ma véritable nature. Qu'est-ce que je peux y faire ? Je ne saisis toujours pas le sens de ce que je traverse. Celui qui Sait peut me répondre. Mais T.K. a disparu. Il ne reste que cette lumière éblouissante à quelques mètres et mes questions qui restent en suspens.

Le mur lumineux qui me fait face gagne en intensité. La blancheur rampe au sol et progresse dans le souterrain. Et si c'était la fin ? Serait-ce une sorte de lumière divine ? Je ne veux pas partir maintenant. Pris d'un frisson, je panique et rebrousse chemin. Je commence à courir aussi vite que possible, je veux vivre. Alors que je galope jusqu'à en perdre haleine, la lumière me rattrape. La vague blanche vient me lécher pour m'engloutir entièrement. Tout est blanc, tout est tiède. Tout s'arrête. Je perds connaissance.

Lorsque je reprends mes esprits, le jour se lève et je suis seul. Les premières lueurs pâles inondent peu à peu l'intérieur de mon salon en perçant par les baies vitrées. Je suis revenu chez moi. Suis-je toujours de l'autre côté ? J'entends chuchoter dans le couloir. Je perçois un son discret émis depuis la chambre de mon fils. Un murmure fébrile.

J'entre dans la chambre de mon garçon. Il ne me voit pas. Maël est déjà debout. À genoux devant son lit, il fait face à sa boîte en plastique bleue. Ses mains jointes, les doigts croisés, il a les yeux fermés pour prier.

— Je ne sais pas si tu m'entends. Peut-être que ça ne sert à rien… Mais j'essaie quand même. Dieu… Mon Dieu… J'aimerais que tout s'arrange. J'aimerais que papa revienne. Je sais que je n'ai pas été gentil. Je voulais juste qu'il passe un peu de temps avec moi. J'espère que quelqu'un m'écoute. Je ne recommencerai pas. Je serai sage, je demanderai moins… Je veux qu'il revienne… Mon Dieu, je veux qu'il revienne.

Il y a bien quelqu'un qui l'écoute, moi en l'occurrence. Je suis toujours de l'autre côté. Sa supplique me fait de la peine. Comme je suis désolé de le voir dans cet état. Je voudrais le prendre dans mes bras pour le rassurer. Lui dire que je regrette tout ça. Lui avouer que je n'en ai pas assez profité. Que si c'était à refaire je changerais tout pour effacer mes erreurs. J'ai mal au cœur. Mon fils me manque. Ils me manquent tous.

Le téléphone se met à sonner dans la maison. L'appel retentit, mais personne ne répond. La sonnerie continue, Maël quitte alors son lit pieds nus à la recherche du combiné pour le porter à sa mère. L'appareil geint encore. Le pouce ripe involontairement sur le bouton en le saisissant, mon fils décroche :

— Madame Garnier ?
— Non, maman dort encore…
— C'est urgent.

Le petit pénètre dans notre chambre à coucher. Olga est là. Au milieu des draps en bataille, son corps nu est allongé de tout son long. Le soleil caresse ses reins. Ses cheveux s'étalent sur l'oreiller et ses épaules frêles. Le bras de Yann l'entoure, il est également nu. Paisiblement endormis l'un contre l'autre, ils ont un sourire aux lèvres que j'envie. Les deux profitent d'un sommeil profond. Ils l'ont fait cette nuit… Ou peut-être pas. Dans tous les cas, j'ai les boules.

— Maman, le téléphone !

Elle ouvre un œil difficilement. Puis prenant conscience de la configuration gênante, elle se drape avec ce qu'il reste du lit et recouvre le corps de Yann. La tête encore embrumée par une douloureuse gueule de bois, elle s'inquiète :

— Qu'est-ce qu'il se passe ?
— C'est l'hôpital.
— Non ? Passe-moi le téléphone…
— Vite ! Ils veulent te parler.

Olga se redresse. Son visage se fige. Ses lèvres s'entrouvrent. Et la suite, je la devine. Mon état s'est dégradé. L'activité cérébrale est à plat. Aucune amélioration n'est possible. Il va falloir signer cette fameuse décharge. Il faut faire un choix raisonnable et abréger mon maintien en vie. Au terme d'une nuit avinée qui dessine un futur peut-être plus heureux, Olga se sent presque prête. Prête à prendre la décision. Il va falloir s'y résoudre… Il faut me débrancher, tout ça ne peut pas durer. Me maintenir artificiellement en vie, c'est se raccrocher à quelque chose qui n'arrivera jamais. Voici la fin. Je me sens désemparé et Tomato n'est plus à mes côtés. Mon parcours est sur le point de s'achever, je le crains. J'en suis toujours au même point : je ne sais rien. J'ai peur de mourir seul et dans l'ignorance.

DÉBRANCHÉ
Le grand départ

Ils se sont préparés calmement. Presque dans la bonne humeur. Maël connaît la teneur de l'appel, mais il ne semble pas prendre la mesure de la situation. Olga lui a pourtant expliqué, suite à sa crise de la veille. Mais mon fils est incapable de réaliser. Ma femme a pris le temps de vulgariser le drame. Elle a amené le sujet avec des mots simples, sans forcément entrer dans les détails. En évitant d'être explicite. Peut-être un peu trop. Je ne sais pas à quel moment Olga compte lui faire comprendre que la partie est terminée.

J'ai du mal à y croire. Ils ont même pris le temps de déjeuner avant de partir, bon dieu que c'est douloureux. Comment peuvent-ils avoir de l'appétit dans de pareilles circonstances ? La maison se vide, et ils sont en route pour l'hôpital avec une légèreté qui me déchire. Le petit cortège dégage une unité que j'encaisse difficilement. J'ai l'impression de voir une vraie petite famille, ça m'écœure.

Se remettre… Si vite, comme ça et dans mon dos… Je

trouve ça dégueulasse. Je n'ai pas été un ange, mais tout de même… Il y a cette sorte de soulagement qui se dégage de ma femme et ça, c'est insupportable. Je m'attendais à ce qu'Olga soit dévastée par un immense chagrin. A ce qu'elle traverse cette étape difficile avec plus de mal. Ou à défaut, que ma situation lui prenne la tête. Mais il n'en est rien. Olga est capable de faire face. Elle a cette aptitude à se relever après avoir souffert… Contrairement à moi. En plus, elle semble armée pour traverser la vie quoiqu'il arrive - surtout aux côtés de Yann. Je ne lui ai peut-être jamais apporté ce sentiment. Ma future veuve semble presque sereine et déterminée, moi je suis inquiet. Il me reste quoi ? Quelques heures ? Quelques minutes, tout au plus.

Je suis terrorisé à l'idée de ne plus exister du tout. De ne plus être dans mon corps, de ne plus faire partie de leur monde. J'ai peur d'être remplacé, de ne plus pouvoir les observer. J'ai peur qu'on oublie ma voix, qu'on oublie ce que j'ai fait. J'ai peur que personne ne soit capable de dire qui j'ai été, même s'il y a peu de louanges à lister à mon sujet. À l'arrière du Q7, je les observe sur le trajet : l'hôpital approche. J'ai une boule au ventre comme avant de passer un examen que je suis certain de louper.

L'entrée principale du CHU est sinistrement calme ce matin, j'ai froid. L'agitation a fait place à des couloirs déserts et des espaces vides dans lesquels les talons d'Olga résonnent. Tous les trois avancent en silence, sans paraître spécialement perturbés. En tout cas, pas suffisamment perturbés à mon goût. L'ambiance est sordide. Un peu comme lorsqu'on déambule dans les galeries marchandes d'un hyper, juste avant la fermeture.

Petit Maël suit silencieusement, cramponné à sa mallette, sa fidèle amie de plastique. L'ascenseur est pris. Direction le service de réanimation. Je sens monter en moi la tension. La fin se rapproche et je n'ai toujours pas de réponse. Je n'ai pas d'issue. Je suis maintenant seul face à l'inconnue. Face à cette fin que je redoute tant. Pour couronner le tout, T.K. m'a abandonné.

Dans le corridor désert, Olga se met à la hauteur de notre fils pour lui parler avec des mots simples. Une dernière fois, pour que tout soit clair et dans le but de ne rien lui cacher. Papa dort, papa ne se réveille pas. Papa ne souffre pas, il est en paix. Il restera pour toujours au fond de son cœur. À cette annonce, je me décompose. Je me fais penser à un condamné qui vit sa dernière journée dans le couloir de la mort. Le gamin acquiesce. Le gamin encaisse. Il hoche la tête, tout est clair. Voir Maël accepter la situation avec autant de facilité me désarçonne complètement. À moins qu'il ne soit pas en mesure de réaliser ? Suis-je le seul à regretter ma disparition ?

Le petit demande à voir son père une dernière fois. On lui a bien expliqué, mais il a besoin de ça. Il y a cette forme malsaine de déni. Cette limite vicieuse qu'Olga ne franchit pas. Il suffirait d'expliquer que « Papa va mourir ». Elle pourrait dire « Je suis triste. Toi aussi, tu peux être triste. Oui, c'est grave. Il va nous manquer… » Mais elle ne le fait pas. Au fond de lui, mon garçon s'accroche donc à l'espoir tenace de mon réveil miraculeux. À l'idée saugrenue d'une mort qui n'en est pas une. Pour l'instant ça l'aide à tenir, mais quand va-t-il comprendre que tout ça « c'est pour de vrai » ?

Au fond du couloir, éclairé sous des néons maussades, je distingue une silhouette familière. Reebok, jeans mal taillé, veste bicolore en nylon. Il est là. Tomato est à quelques mètres devant moi. Immobile face à la porte de la chambre, silencieux et les bras ballants. Je me précipite pour le retrouver. Je me sens tellement seul de ce côté que sa seule présence me réchauffe le cœur.

— Tu étais passé où ?

— Je t'attendais. Et tu es là.

— Qu'est-ce qu'il va se passer ?
— On arrive au dénouement.
— Tout va s'arrêter ? C'est maintenant ?
— Ou recommencer… Je ne sais pas. Tu vas comprendre.

Dans une blouse blanche, un individu grand et élancé rejoint la petite famille. Le praticien accoste discrètement Yann et Olga. Les visages sont graves. Il est l'heure pour ma femme de s'éclipser. Le chef du service la reçoit dans son bureau. Ils échangent quelques mots à propos de la situation douloureuse et de la marge d'erreur inexistante. Les derniers signes d'activité cérébrale se sont éteints cette nuit. Étrangement lorsque Tomato a disparu. Le coma était très profond. La décharge qu'elle doit signer vise à stopper l'assistance respiratoire et à donner son consentement autour du don d'organe. Il suffit pour ma femme de lire, d'accepter et ratifier ma mise à mort. Le reste de la procédure est excessivement simple.

Olga demande si mon fils peut me voir une dernière fois. Le médecin lui déconseille vivement, mais elle reste libre de choisir. J'assiste à tout ça avec impuissance. Voilà. Voilà comment tout ça va se terminer. Je vais simplement la regarder signer le document. Je vais contempler le toubib débrancher mon corps pour abréger ma vie et je vais plonger. Je ne verrais pas de nouveaux jours se lever. Ni demain, ni jamais. C'est aussi simple que ça.

Dans le couloir, Yann tente de consoler Maël. En futur beau-père, il prend le relais. Il est présent pour le réconforter. Les minutes passent et mon fils semble réaliser petit à petit. Du haut de ses huit ans, il prend conscience que je ne vais plus ouvrir les yeux. Plus jamais. L'aspect définitif lui est insupportable. Il est de plus en plus effrayé. Maël semble vouloir se livrer en touchant du doigt une situation difficile à accepter. Dans un exercice délicat, Yann cherche à lui expliquer :

— Tu sais Maël… Parfois… Les choses ne tournent pas comme on voudrait.

— Je veux qu'il se réveille. Il va se réveiller ?

— Maël, on te l'a déjà expliqué… C'est… Je sais que c'est très difficile à comprendre. Mais les docteurs ne peuvent pas le ramener.

— Dis-moi qu'il va se réveiller… Mais il peut se réveiller tout seul. Pas vrai ?

— … Maël…

— Il va se réveiller tout seul ? S'il entend que je suis là ? Il va pas continuer à dormir ?

Yann se pince les lèvres et soupire. Cet instant est sans doute le plus dur. Il appréhende cette fameuse seconde durant laquelle le petit va vraiment saisir le concept de la mort. Mais il estime qu'il est temps de franchir le cap.

— Non Maël. Il ne va pas se réveiller tout seul. Il ne faut pas que tu t'accroches à cette idée.

— Mais pourquoi ?

— Ta maman vient d'en parler avec le docteur. Ils vont tout faire pour que ton papa parte sans avoir mal et qu'il soit bien là où il est…

— Mais c'est pas possible ! Il faut que je le voie.

— On va attendre de voir ce que dit le docteur… Mais…

— Je dois le voir ! Je dois m'excuser !

— Je crois… Que ce n'est pas une bonne idée…

Cette phrase reste en suspens alors qu'Olga les rejoint dans le couloir. Elle a le visage fermé, les yeux bouffis. La décharge a été signée dans les larmes. C'est officiel, on va me débrancher. On va couper mon respirateur et je vais disparaître lentement. Dans le couloir, Tomato ne dit rien. Tomato est distant. Je suis apeuré. Je suis fragile. Je ne comprends toujours pas les tenants et les aboutissants. Je sais juste que c'est la fin. Mon fils hurle dans les couloirs vides. Ses plaintes poignantes résonnent pour me saisir le cœur :

— Je dois voir papa ! Une dernière fois ! Laisse-moi le voir.
— Maël… Viens là mon grand… Il faut que tu sois fort… C'est terminé.
— Je dois lui dire pardon ! Pousse-toi ! Laisse-moi lui demander pardon !
— Comment ça « lui demander pardon » ?
— Je voulais qu'il reste… Juste qu'il reste…

Le petit baisse la tête et se met à pleurer. Il s'effondre. Déchiré par un énorme chagrin au cours duquel il implore mon pardon en boucle. C'est une détresse sans fin qui m'étreint. J'imagine quitter ce monde en gardant cette image douloureuse.

— Tout est de ma faute. Je voulais qu'il reste !
— Chut… Tu n'y es pour rien.
— Tu ne comprends pas !
— C'est comme ça. Ce n'est pas toi.

Le petit ouvre la boîte en plastique bleue. Maël lève enfin le voile. Il en sort une pince. Une pince coupante.

— Si, c'est moi !
— Qu'est-ce que tu fais avec ça ? Maël ?
— Il avait promis de rester à la maison…
— Maël ?
— Mais il ne reste jamais à la maison…
— Mais qu'est-ce que tu as fait ?
— Je voulais juste voir le film avec lui…
— Pourquoi tu as cette pince ?
— Il a dit qu'il prenait la moto pour faire vite. Vous vous êtes disputés. J'étais triste. Triste et en colère après

lui. Alors…

Triste et en colère ? Je suis crucifié par les images de ma dernière chevauchée. Tout se fige, le temps est suspendu. Un flash me transperce.

CRASH

Entre mes jambes, j'aime ce feu. Sa puissance mécanique qui réagit au moindre mouvement de mon poignet. La bête est infatigable, elle joue avec mon désir le long des courbes. Sur les lignes droites, elle m'invite à atteindre des vitesses délictuelles. Je m'incline, elle me suit. J'appuie, elle réplique. Notre dialogue est sensuel. Personne ne peut comprendre. Elle est à moi, ou plus exactement… Sur sa selle, je suis à elle. J'aime comme elle respire. J'aime la brutalité de ses relances, l'équilibre dans la trajectoire, même si sa croupe me rappelle que je ne suis qu'un humain sur le fil du rasoir. Surtout lorsque je tire sur les bords. Ce soir je suis en retard, et ma complice d'imposture me facilite la vie dans une fuite sauvage. On engloutit les kilomètres dans un corps à corps musclé. Sur le macadam, ma Japonaise hurle en mon nom. Nous dépassons toute matière inerte sous les étoiles. Nous fusons rageusement vers mes obligations. J'ai promis de revenir le plus vite possible. Pour une fois que je peux tenir ce que je dis.

Le bandeau noir s'étend au loin, les lumières du décor deviennent des traînées continues dans mon champ de visions. Chaque panneau, chaque élément arrivent à une allure mortelle. À 230, l'anticipation est un passe-droit pour la vie. Quelques virages négociés sportivement donnent sur une courbe qui s'ouvre au loin. Je ne remarque rien d'anormal, et pourtant… Comme un appel au crime, je casse mon poignet à la sortie pour une relance monstrueuse. Ma Honda part à l'assaut, le compteur grimpe pour taper à nouveau dans les 220 en quelques secondes. Je ne remarque pas que mes freinages sont moins brutaux. Je fends la campagne sur le dos de ma bête, sans me préoccuper de ce qui ne va pas. Les lignes droites s'enchaînent. Personne à l'horizon, le coup de reins de la bécane est furieux. Cramponné au guidon, je sais qu'elle en veut encore. Une tâche au loin me perturbe dans la lumière des phares. Qu'est-ce que… ? Non !

Devant moi, une bagnole déboîte en plein milieu sans prévenir. Je tombe un rapport. Puis un autre. Je me redresse. Je m'agrippe à la poignée pour freiner de toutes mes forces. La durite cède à l'avant. La poignée de frein est dramatiquement molle. Ça ne freine plus du tout ! Tout va très vite. Plus rien ne répond. Je fonds sur la caisse à 60 mètres par seconde. Impossible d'éviter. Impossible de m'arrêter. Le temps de le réaliser, je m'encastre dans le coffre arrière avec une brutalité inouïe. L'équivalent de plusieurs tonnes projetées sur la malle du break. Pour le réduire en bouilli. Un flash. Blanc et rouge. Puis c'est le black-out.

LA VÉRITÉ
Maintenant, je sais

— Alors quoi ? Maël ?

— Je suis désolé… Je suis désolé…

— Qu'est-ce que tu as fait ? Tu sais que tu peux tout nous dire.

— … Je suis allé dans le garage… J'ai… Pris la pince… Et j'ai… J'ai… Coupé tout ce que je pouvais… Tous les câbles et tous les tuyaux… Je me disais… Si la moto ne marchait pas… Papa pouvait rester à la maison… Mais c'était trop dur… Je n'ai pas réussi à… Bien couper… Et papa est parti. Il est parti quand même. La moto marchait… Et il est mort maintenant à cause moi. À cause de moi ! C'est de ma faute ! Papa ! Je voulais qu'il reste !

Mon fils… Tout devient flou. Tout devient sourd. Je suis dévasté. Un épais brouillard flotte autour de moi. Je réalise. Jamais je n'aurai pensé à ça. Pauvre petit homme… Maël… Qui a tout fait pour me garder près de lui. Je l'ai délaissé chaque jour jusqu'à ce point de non-retour. Une pince coupante. Mes freins bousillés. Une durite abîmée. L'envie de me garder. La vie à côté de laquelle je suis passé. Tout s'emboîte parfaitement. La douleur se mêle à la compréhension, pour se muter en une profonde déception… avant d'éclater en milliers de sensations lourdes et perturbées. Un dégoût de moi-même ruisselle jusque sur mes doigts. Une sorte d'étau qui compresse le torse. Je me sens sale et en dessous de tout. J'ai la sensation d'avoir échoué lamentablement en tant que père, en tant que mari et en tant qu'homme.

Alors que mon âme se délite, accablée par des regrets ingérables, la vie se poursuit juste à côté. Et la mort n'est pas loin. Dans la fameuse chambre, ma poitrine s'est remplie une dernière fois. Mon corps expire son dernier souffle. Le respirateur ne fonctionne plus. Il n'y a plus aucun signe de vie dans la pièce. Les appareils sont éteints. On note sur le dossier l'heure du décès. On recouvre le visage du patient d'un drap blanc.

Depuis le couloir, j'observe ce qu'ils me font. Je suis vidé de toute énergie, littéralement aspiré par le bas. Je voudrais lutter mais je ne peux pas. J'ai cette hantise du grand départ. Le grand plongeon dans le noir. J'ai peur. Je ne veux pas. Ça ne peut pas se finir comme ça. L'air me manque. Je suffoque et tombe au sol, face contre terre. Tomato s'allonge lentement à côté de moi, à plat ventre. Il a l'air calme. Il a l'air de savoir ce qu'il fait. Je pousse des râles. Mon souffle est court. J'agonise.

— Ils te débranchent… Ça va passer.
— Je… Vais… Mourir… Comme ça ?
— Reste tranquille…
— Je… Je n'ai rien compris… Je ne veux pas partir… Pas maintenant. Mon fils !
— Chut… Ça va passer. Tu as compris l'essentiel. Tu es passé à côté. Tu m'as abandonné. Tu as délaissé ton fils et ta femme.
— Non… Non… Ça ne peut pas se finir comme ça. J'ai peur.
— Laisse-toi aller…
— T.K. ! T.K. ! J'ai tellement peur. Je ne peux plus respirer. Je…
— Chut… Tu vas sans doute tout oublier. Mais j'ai marqué ton inconscient. J'ai tout noté.
— Je vais mourir… J'ai peur… J'ai peur !
— Lâche prise…

— Ne me laisse pas ! Ne me laisse pas, pitié ! Donne-moi une chance !

— Tu l'as eu ta chance.

— Tomato…

— Tu vas te réveiller. Tu vas revenir. Tu vas devoir réapprendre à manger, à penser, à parler et à écrire. Sans le savoir sciemment, tu vas te raccrocher à tes rêves. Tu vas changer de vie. Tu vas profiter des tiens. Tu vas redéfinir tes priorités. Je serais à tes côtés. Ton enfant intérieur, là… Tout près…

— Tomato… Je…

— Chut… Ne bouge pas…

— Toma… Je… Je… Meurs…

— On reste en contact. Et un jour, tu l'écriras ton histoire.

Je glisse dans le sol glacé. Je me vide avant de m'élever. Le temps s'arrête. Je ne suis plus composé de matière. Je n'ai plus de texture. Je flotte au-dessus du sol. Je suis dans l'air ambiant. Je m'éparpille en une infinité de fragments. Je suis ces gouttes qui s'écrasent sur la fenêtre avec l'averse. Je suis le courant d'air à l'entrée du service. Je suis le café dans le thermos de cette infirmière. Je suis la lumière des néons, le faux plafond miteux et le lino qui en a bavé dans ce couloir. Je suis le battement de chaque cœur, de chaque personne. Je suis le parfum sucré dans le cou d'une femme. La braise incandescente de la cigarette, et la fumée qui roule au fond des poumons. Je suis le poil qui se dresse. L'intuition de l'un, l'espoir de l'autre. Je suis l'odeur de la soupline sur une petite culotte. Je suis des éclats de rires en terrasse, un pourboire laissé avec plaisir. Je suis un poing levé, un sourire qui dit merde. Je suis la peine et la grandeur. Je suis un tas de prières qui partent en fumée. Je suis la justice après l'injustice. Le cri d'un nouveau-né. Je suis un petit miracle. L'ADN d'un prématuré victorieux. J'entre partout, dans toutes les fibres, dans toutes les pensées. J'incarne le lien invisible entre chaque être. Je me fais discret jusqu'au creux des veines. Je suis une portion de chaque arbre, le pistil de chaque fleur. Je m'étends dans l'immensité du ciel, je recouvre chaque brique, chaque poutre, je suis le béton, la terre, le sable, les nuages et les mers. Dans l'infini détail jusqu'à l'immensité absolue. Depuis de colossales chaînes de montagnes, jusqu'aux ondes wifi. Pendant une seconde, mon esprit se dilate et se contracte à l'infini. Durant cette unique seconde… Je suis le pouls de l'univers. Je suis 7 milliards de pulsations cardiaques qui battent à l'unisson. Je fusionne dans plusieurs milliers de rapports simultanés pour un orgasme planétaire. Avant que tout ne redevienne blanc et que cette seconde ne prenne fin. Avant que je n'éclate pour me recomposer comme avant.

Le silence. L'ombre. La lumière.

Le temps reprend ses droits. J'ouvre mes yeux difficilement. Je baigne dans un blanc lumineux. L'air s'engouffre dans ma gorge pour m'ouvrir à nouveau les bronches. Je viens de replonger dans mon corps. J'ai un sursaut instinctif. La douleur m'assaille depuis chaque centimètre de ma peau. Ma chair meurtrie est un supplice. Le linge rêche quitte ma face. Je me crispe dans un mouvement rageur. Je fous les draps en l'air. Un spasme de souffrance tord mon corps arqué. Je pousse un hurlement. Je reviens à moi. Le médecin était en train de noter l'heure du décès. Il en tombe son dossier. Je n'ai pas dit mon dernier mot. J'ai droit à une seconde chance. Je viens de renaître. Sans le savoir, je ne serais plus jamais le même. Définitivement. Je reviens de loin. Je reviens du Supplément d'Âme.

FIN.

MERCI

Je dois te remercier d'avoir pris le temps de me lire jusqu'au bout. J'espère que cette expérience t'a plu et que mon univers a réussi à te convaincre. Je t'invite à me contacter par e-mail ou à me rejoindre sur Facebook. Si le cœur t'en dit, il est possible de laisser un avis constructif sur Amazon, ou de me faire part de tes remarques à l'adresse suivante : contact@matthieubiasotto.com

À très bientôt, Matthieu.

DU MÊME AUTEUR

Persécutée - *Thriller Psychologique*

Ce qui vient d'arriver ? Je n'ai pas le droit d'en parler. Je ne devrais pas. Mes jours sont en danger. Les tiens aussi d'ailleurs. Toute personne ayant trempé là-dedans trouve la mort. J'ai croisé la route de la folie. Cette tornade a tout dévasté. Brisant ce que je suis. Mon avenir. Mon passé aussi. Elle se cache derrière les confidences fantasques d'une vieille dame fortunée. Ça commence par un sentiment ridicule les premières minutes. Puis le doute s'installe. Le doute te détruit. Les voix qu'entend cette grand-mère. Les coïncidences déstabilisantes. Les demi-trahisons. Les coups dans le dos. Mes fantasmes tordus. Les contours aléatoires de la réalité. Des prédictions malsaines sur ma grossesse. Mes problèmes de santé. Toutes ces tensions avec ma belle-mère. Cette haine qu'on entretient depuis des années. J'oscille entre mensonges, délires et révélations. Je prends le risque de te dévoiler cette expérience perturbante. Ma plongée en eau trouble, lente et inexorable. Jusqu'à ce que la vérité ne me touche de plein fouet. Jusqu'à ce que je comprenne que tout était sous mes yeux. Juste là. Que je n'ai rien vu. Rien compris. Je suis Pauline Malinowski et voici mon histoire.

Kraft – *Thriller*

Rattrapé par la crise de la quarantaine, Gabriel est au bord du gouffre. Pour son anniversaire, Delphine, sa femme, organise une soirée en amoureux. Une ultime tentative pour sauver leur couple en perdition. Tout bascule, lorsque Delphine est assassinée sous les yeux de son mari. Une exécution froide qui marque le début d'une magistrale descente aux enfers. Gabriel va connaître les heures les plus sombres de sa vie. A la recherche de réponses et d'une mystérieuse enveloppe kraft, il découvre les travers de la femme qu'il vient de perdre. Lorsqu'il commence à comprendre, la partie vient de s'achever. A moins qu'une nouvelle ne débute…

Disponible sur Amazon

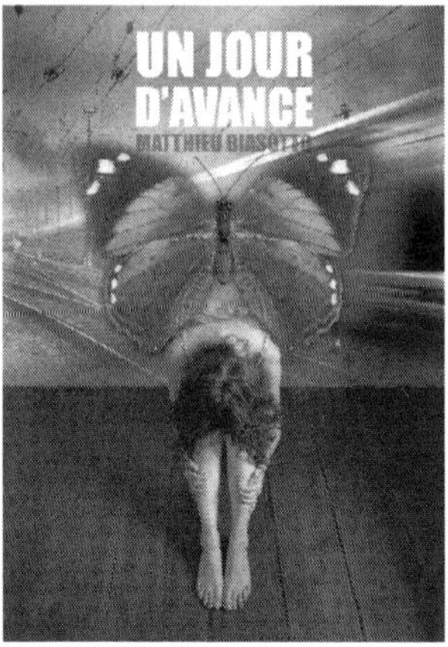

Un Jour d'avance – *Suspense & paranormal*

À l'aube de l'enterrement de son frère, Elise traverse une période délicate. Elle est particulièrement sensible, à fleur de peau, dépressive et sous traitement médical. Son couple touche le fond. Elle assistera aux funérailles seule sous la contrainte de sa famille et prendra le train pour la rejoindre à Nice. À bord du convoi, sa vie bascule, un terrible accident menace le destin de centaines de voyageurs et elle est la seule à pouvoir tout arrêter. Elle tentera l'impossible pour éviter le pire. L'accident va la placer au centre d'une enquête palpitante dans laquelle tout l'accable : sa personnalité, ses troubles de l'humeur et les faits orientent l'investigation dans une course endiablée vers la vérité. Une mise en lumière entre intrigue intense, suspense viscéral et rebondissements savoureux. Lorsque les évidences nous mènent en bateaux, lorsque les signes ténus sont laissés pour compte, lorsque les faits s'effacent sous le poids des doutes, le piège se referme mais il est peut-être trop tard…

Dispnible sur Amazon.

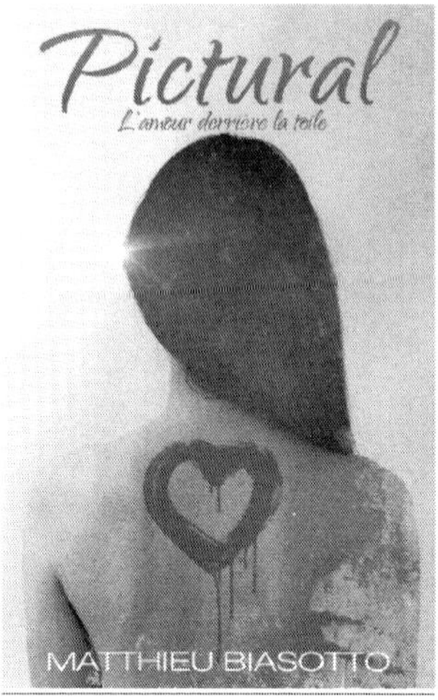

Pictural **:** *L'amour derrière la toile.*

Entre grosses tuiles et petites galères, ma vie ressemble à de la survie. Ni plus, ni moins. Je suis Astrid Dufrene. Je suis un paradoxe de la tête au pied. Je n'avance pas, puisque je passe mes journées à douter. L. Dattello est l'artiste peintre le plus doué de sa génération. Mondialement connu, excentrique, mystérieux et dangereusement attirant. Profane en matière d'Art, je n'ai jamais entendu parler de lui. Mon niveau artistique avoisine le zéro. Pour moi, Picasso n'existe qu'en version diesel ou essence. Et j'exagère à peine. Lorsque nos trajectoires totalement opposées se croisent, nos destins vont se confondre autour du secret qu'il garde jalousement. Ce qu'il attend de moi ? Ce qu'il me trouve ? Je l'ignore. Tout comme ce que je suis prête à faire pour lui.

Disponible sur Amazon.

BIOGRAPHIE

Je suis un souffle créatif. Je suis un fervent défenseur de la liberté de créer. Je suis un rebelle, mais je ne lance pas de pavé. Je suis un auteur indépendant. J'ai fait le choix d'être libre. J'ai foi en l'humanité. Mon écriture est accessible. J'assume. Je vis de mes choix. J'écris pour être lu. Pour me mettre à nu. J'écris pour être Moi. Pour engendrer des intrigues acérées. Des machinations implacables. Mais pas seulement, j'aime m'essayer à des genres différents. J'écris tout simplement pour me faire plaisir. J'adore travailler la tension. La vitesse. Le souci du détail. J'éprouve un plaisir étrange à échafauder des histoires stupéfiantes. Je jubile à l'idée de manipuler l'esprit, au moins un peu. Pour moi, la plume est un moyen de m'ouvrir et de me connecter au monde. D'entrer dans les vies, dans les foyers, dans les discussions et dans les cœurs tout en repoussant les limites de mon imaginaire. Il n'y pas de plus beau métier.

Bienvenue chez moi :

http://www.matthieubiasotto.com

8727564R00131

Printed in Germany
by Amazon Distribution
GmbH, Leipzig